BURN　上　猟奇犯罪捜査班・藤堂比奈子

内藤　了

角川ホラー文庫
21423

目次

下巻目次

【主な登場人物】

藤堂《とうどう》比奈子《ひなこ》　猟奇犯罪捜査班。八王子西署刑事組織犯罪対策課厚田班の刑事。

厚田《あつた》巌夫《いわお》　猟奇犯罪捜査班。厚田班のチーフ。比奈子の上司。通称〝ガンさん〟。

片岡《かたおか》啓造《けいぞう》　猟奇犯罪捜査班。比奈子の先輩。強面《こわもて》刑事。

清水《しみず》良信《りようしん》　猟奇犯罪捜査班。比奈子の先輩。超地味刑事。

倉島《くらしま》圭一郎《けいいちろう》　猟奇犯罪捜査班。比奈子の先輩。イケメン刑事。

東海林《しようじ》恭久《やすひさ》　猟奇犯罪捜査班。厚田班を出て警視庁捜査一課に所属している。

三木《みき》健《つよし》　猟奇犯罪捜査班。八王子西署のオタク鑑識官。

石上《いしがみ》妙子《たえこ》　猟奇犯罪捜査班。検死官。東大法医学部教授。通称〝死神女史〟。

御子柴《みこしば》秀《すぐる》　厚田班の駆け出し刑事。比奈子の後輩。

中島《なかじま》保《たもつ》　猟奇犯罪捜査班。天才的プロファイラー。通称〝野比《のび》先生〟。

児玉《こだま》永久《とわ》　連続殺人犯の少年。心理矯正目的で中島保に預けられている。

金子《かねこ》未来《みく》　サヴァン症候群の青年。永久の親友。

プロローグ

下草を踏みしだく音に気付いて、彼はモニターから目を上げた。

立ち上がるなりウエストホルダーに手を伸ばし、スナップを外してナイフを握る。壁に耳を押し当てて気配を探ると、規則正しい足音がした。二本足で歩く音。動物ではなく人間だ。革靴でもスニーカーでもなく、おそらく山歩き用の靴を履いている。音の重さからして男だろう。歩く速度がゆるやかすぎて年齢まではわからない。音を聞き続けることしばし、侵入者は一人だけだと見当をつけた。

猫のような身のこなしで階段を上り、地下室を出ると、一階の廊下には抜け落ちた天井から葛《くず》の蔓《つる》が入り込んでいた。壁はヒビ割れ、ペンキも剝《は》げて、床には腐った屋根材が積もっている。廊下の両脇にそれぞれ二つの部屋があるが、きちんとドアが閉まっているのは一部屋だけで、それ以外は内部が丸見えだ。

スプリングがはみ出たベッド、古いソファと壊れたオルガン、埃《ほこり》だらけのテーブルなどが、戻らない家主を待ちわびている。壁に背中を沿わせながら、彼はソロソロと廊下を進んだ。鳥の羽音とシャッターを切る音。割れた窓から陽が射して、絡みつく葛の奥に人影がよぎった。初老の男性のようである。こちらに向けてまたシャッターを切ったので、背中を丸めて廊下を戻った。

床には一部ビニールシートが敷いてある。ただひとつドアが閉まった部屋の前だ。シートを踏むと音がするので、物陰に立って侵入者を待つ。

昨今はSNSのせいで行儀の悪い侵入者が増えた。立ち入り禁止のフェンスや看板を立てていても、無人とみれば平気で私有地に入ってくる。肝試しをするため集団で、もしくは廃墟《はいきょ》の写真を撮るため単独で。

彼は薄い舌を出し、上唇をぐるりと舐《な》めた。首から下げた金のカップに陽が当たり、足下で光が躍る。三日月形の光は美しいが、カップをつまんでTシャツの懐にそっと落とした。

侵入者はついに玄関ホールへ入り込み、そこでもシャッターを切っている。連続するシャッター音を聞きながら、彼はゆっくり目を閉じた。許し給えと心で呟《つぶや》く。

我らに罪を負う者を我らが許すごとく、我らの罪も許し給えと。

足音が近づいてくる。壊れた建物を傍若無人に撮っている。誰かが残した生活の跡。

打ち捨てられた家族の記憶。家主を無くした建造物に容赦なく森が入り込み、材を壊して雨風を呼んだ。そんな残骸《ざんがい》に陽が射す様子を、尊いもののように写している。シャッターの音が止み、侵入者は歩き出す。瓦礫《がれき》を蹴《け》り分け、進んで来る。彼との距離は数メートルだ。

「ん……？……」

と、侵入者は呟いた。そのまま無音になったので、立ち止まってあたりを見回しているのだろう。誰もみな、同じ場所で臭いに気付く。許し給え。我らの罪を。

臭いの出所を探ろうと、再び瓦礫を踏む音がする。

侵入者はもうシャッターを切らない。なんの臭いか考えているからだ。打って変わって慎重な足取りでやってくる。次の瞬間、我らに罪を負う者を、と頭の中で呟きながら、彼は侵入者に躍りかかった。目が合う間もなく背後に回り、腕をねじ上げ、関節を外す。

「え」

相手が声を上げたときにはもう、頸動脈《けいどうみゃく》を切っていた。ドクドクと噴き出す血を、捻《ひね》り上げた手で強引に塞《ふさ》ぎ、埃で濁った窓ガラスに映して獲物の顔を確認する。

思った通り、何が起きたかわかってもいない。目を見開いて口を開け、命が噴き出す感覚に戦慄《せんりつ》している。獲物はやがてビニールシートに膝《ひざ》を折り、痙攣《けいれん》をはじめた。それでも頭は床につかない。彼が髪の毛を鷲摑《わしづか》みにしているからだ。

彼は懐からカップを出すと、三日月形に抉《えぐ》れた縁を獲物の首に押し当てて血を汲《く》んだ。一杯になると摑《つか》んでいた髪を放して、生暖かい血をひとくち味わう。

——すべての生き物の命はその血であり、それは生きた体の内にあるからである

レビ記十七章十四節——

聖書の言葉が脳裏を過《よ》ぎる。神は血を食べることを禁じ、それをする者を断つと言われた。だから自分はそれをする。神を超越するために。

哀れな侵入者は息絶えたが、血液はまだビニールシートに流れ出ている。唇に滴る血を腕で拭《ぬぐ》って、彼は死体を調べ始めた。

カメラのストラップを首から外し、ナイフで肩紐《かたひも》を切って、背負っていたリュックを剝ぎ取った。ズボンのベルトを切って服を剝ぎ、全裸にしてからシートで覆った。そして死体を担ぎ上げ、ただひとつ壊れていないドアを開けた。

内部は広い浴室だった。四方の壁はタイル貼りで、シャワーと洗面台がついている。窓はベニヤ板で塞がれて、外の光は入ってこない。床に複数のバスタブがあり、錆色《さびいろ》

の液体に汚い泡が浮いていた。彼は死体を床に置き、ビニールシートの端を排水口に向けた。死体を壁に寄りかからせて、腐敗汁が排水口に流れるよう加減する。そこそこ腐って液化してから、残りをバスタブに沈めてもいい。

次に顔面部分のビニールを剝ぎ、死体の顔をむき出しにした。口笛を吹きながらナイフを構え、額から頭髪を剃《そ》っていく。白髪交じりの髪は無造作に摑んでバスタブに捨てる。髪は液体に触れると煙を上げて、激しい臭いが沸き立った。頭の前半分を処理し終えると、踊るような仕草で石膏《せっこう》を取り出し、バケツに入れた。口笛交じりに石膏を練り、下処理した顔に塗っていく。優しく、丁寧に、けれども最後は残った石膏を頭の天辺《てっぺん》にぶちまけた。

すべて終わると裸になってシャワーを浴びた。金のカップに残された血が、冷水に溶けて流れていく。こいつの血は不味《まず》かった。ひとくちで充分だったと彼は思った。

それからバスタブに目を落とし、自業自得だと心で嗤《わら》った。バスタブに浮かぶ残骸は、肝試しに来る連中や、やはり写真を撮りに来た女のものだ。ここで溶けた者らは幸甚だが、そうでない者は地獄を見ている。

せっかく立ち入り禁止にしておいてやったのに、忠告を無下にするからこういう目に遭うのだよ。

身体についた血を洗い流すと、水が滴る裸のままで浴室を出た。廊下には死んだ男の服と靴、カメラとリュックが残されている。

あいつは車で来たのだろうか、それともバスか。

ＧＰＳで足取りを追われてもいいように、車なら携帯電話を載せてダム湖に沈める。バスで来たなら、やはり携帯電話を谷底に遺棄する必要がある。また新しいシートを敷かなきゃならないのも難儀なことだ。

殺人の痕跡《こんせき》はひとまとめにして浴室へ放り込み、ドアに鍵《かぎ》を掛けて地下へ戻った。

一階は廃墟そのものだが、地下には相応の設備がある。先住者が置き去りにした木材や工具、本や書類を詰めた段ボール箱、壊れた玩具《おもちゃ》や、シーツで覆ったソファなど、埃まみれの品々に板材を渡してテーブルを作り、その上に最新鋭の電子機器を並べている。裸でテーブルの前に立ち、彼は再びモニターを見つめた。

モニターにはグラフが表示されていて、横軸が時間、縦軸が数値になっている。そして数値は、ある瞬間に異様な動きを見せているのだった。胸に下がった金のカップを弄《もてあそ》びながら、彼は別ウインドウを開いて映像を出した。モニターを上下に分けて、各々に表示された時間を合わせ、グラフと映像を見比べる。

薄暗い室内で、光度を落としたモニターが、ブーン……と微《かす》かな唸《うな》りを上げた。

映像は研究室を映したものだ。円柱形の巨大水槽に入った脳みそと、脇にホログラムの装置が見える。脳みそは希代の女殺人鬼のものだ。水槽の中で培養されて、組成をホログラムにコピーしている。数名の研究スタッフがそれを囲んで、黙々と仕事を続けている。全員が白衣で無表情、動き自体も緩慢だ。

グラフの数値は正常で、特に見るべきところもない。

「ふむ」

彼は手の甲で鼻先を拭った。映像は進み、わずかあと、緊急を告げるブザーが鳴って、照明が点滅を始めた。異常を感じてスタッフの動きは激しくなったが、グラフは正常そのものだ。水槽内には細かな泡が弾《はじ》けていて、脳みそはゆっくり回転している。

警告音が鳴り響き、二人の研究者が自らの首を押さえた。他の者たちはまだ、二人の異変に気付いていない。

だが、二人がもんどり打って倒れたとき、グラフは微かに数値を上げた。他の者らが駆け寄ると、二名は激しく全身を痙攣させて、口から泡を吹き出した。眼球が飛び出し、絶命するも、脳波のグラフはわずかに数値を上げたまま、安定している。

「ふうむ」

と、彼はまた唸る。明滅する非常灯。激しく響く警告音。スタッフが部屋を飛び出して行き、外に向かって叫んでいる。すると誰かが飛び込んで来た。小柄で若い女。白衣ではなくスーツを着ている。その瞬間、グラフは異常な数値に跳ね上がった。

「ほ……」

薄い舌を突き出して、彼は上唇をペロリと舐めた。歪《いびつ》に唇を歪《ゆが》めて笑い、モニターを覗《のぞ》き込もうと上半身を傾けた。金のカップがテーブルに当たる。

若い女は絶命した研究者を介抱したが、命を取り戻すことは不可能だった。

その後ろで、円柱形の水槽が激しい泡に覆われはじめた。グラフは如実に上下して、電波のような鋭角線が空間を黒々と埋めていく。

——……ナ……コ……ウ……ナ……——

ホログラムまでが反応し、砂嵐のように画像が歪む。

——……ナ……コ……トウ……ナ……——

気味の悪い機械音。その音は、次第に言葉になっていく。

——……トウドウ……ヒナ……コ……トウドウ……ヒナコ……——

小さい女は水槽を振り向いた。激しい泡の音がする。

——トウドウヒナコ……——

ホログラムの脳みそが浮かび上がって、女に向いて静止した。

女の顔が引き攣《つ》っている。真っ青で、まるで幽霊を見たかのようだ。

ホログラムが語ったその瞬間が、異常数値のマックスだった。激し過ぎる異変で計器が壊れ、グラフはそこで切れていた。映像もまた、数秒後にはダウンした。

――とうどう　ひなこ――

「とうどう　ひなこ」

筋肉をほぐすかのように不自然な角度に首を曲げ、彼は静かに呟《つぶや》いた。

ゴキン。ポキン。と骨が鳴る。口中に残る鉄の味、初老の男の魂の味を、唾液《だえき》と一緒に床に吐き、彼はもう一台のパソコンを立ち上げた。解除キーを入力し、特殊データにアクセスする。午前四時から深夜零時まで、とあるセンターを出入りした人物の記録であった。検索ソフトを立ち上げて、『とうどうひなこ』という人物を探す。

彼は漢字がわからないので、先《ま》ず『子』の字で終わる女にしぼり、さらに年齢をしぼっていく。映像の女は二十代。センターに出入りしたことを考えると、大学生以上のはずだ。ソフトは激しくデータを漁《あさ》り、やがて何名かの候補者リストが挙がった。

女は白衣を着ていないから、センタースタッフと通いの職員をリストから外し、次に名字を入れてみた。東堂、洞道、東藤、藤東……リストは次第に狭まってゆき、やがて一人の名前が残った。

藤堂比奈子《とうどうひなこ》。

彼は白い歯を見せた。パソコンを離れて両手を広げ、虚《うつ》ろな表情でこちらを見ていたオモチャの人形に首を竦《すく》める。

どうだ？　見つけたぞ。おまえもそれを見ていただろう？

人形は笑っている。虚ろで小馬鹿にした表情だ。彼は「チッ」と舌打ちをして、人形ごとオモチャ箱をひっくり返した。

その女は、東大の法医学者石上妙子《いしがみたえこ》の助手として登録されていた。検体を持ってセンターを訪れたことが複数回あり、訪問先は晩期死体現象の専門家スサナのボディファームと、法医昆虫学者ジョージのラボ、そして毒物学者のラボになっていた。

乱雑に散らかった品物の間を抜けて地下室の奥へ進み、工具を置いたスペースに立って棚を見上げる。ノコギリ、ハンマー、ドリルにカッター、工具が並ぶ棚の脇にはラテックスの頭がずらりと並ぶ。数名分の顔は肝試しに来た連中のもので、何人かは今も地獄を見続けており、何人かはバスタブで溶けている。その横にあるのは廃墟《はいきょ》の写真を撮りに来た女の顔だ。扁平《へんぺい》な顔つきの中年女で、体格と身長にそぐわないので使えない。今日の男は使えるだろう。ラテックスのマスクに加工してからだが。

「イチロー、ジロー、おまえはゴロー」

一人ずつ指しながら、四人目のマスクで手を止めた。若い東洋人のマスクである。

しばし後、彼は死人の服を着て廃屋を出ると、死人から引き千切った腕と一緒に、死人が乗ってきた車に乗り込み、ダム湖へ向かった。ガラスハンマーで運転席の窓を割り、携帯電話を車内に残して、湖に車を沈めた。天は男に味方して、激しく雨が降っていた。車を捨てると道なき道を歩いて廃墟へ戻り、四人目のマスクを装着した。指紋入りのラテックスを指先に貼り、虹彩《こうさい》入りのコンタクトレンズをつける。

彼は決めていたのだった。センターに行って晩期死体現象の専門家スサナに会い、藤堂比奈子を調べさせようと。

殺人鬼の脳みそはその女を知っていた。二人には何か関係があるはずだ。そうでなければ、あれほど異常な数値が計測されるはずがない。

「藤堂比奈子」と、彼は言った。

「何者なんだ……おまえは、いったい？」

目を上げると、にわか雨の去った天空で、青白く月が嗤《わら》っていた。細く、冷たく、剃刀《かみそり》のような姿をしている。高い針葉樹の影は濃く、砂を撒《ま》いたような星が瞬き、森が吐き出す息が彼の胸を締め付けた。

動じることなく生きて来たつもりでも、どこかわからない深みから、武者震いのように怖気《おぞけ》が湧いて、鋭い夜気が肺に穴を穿《うが》つような気持ちがする。それでも彼は風を吸い込み、自分自身に言い聞かせようとした。

神は誰か。誰が神になるのかと。

第一章　スサナ・イン・ザ・ボディファーム

──あなた方は、老人も若者も、乙女も子供も人妻も殺して、滅ぼし尽くさなければならない。しかし、あの印のある者に近づいてはならない。さあ、わたしの神殿から始めよ。

彼らは神殿の前にいた長老たちから始めた。主はまた彼らに言われた。

神殿を汚し、その庭を殺された者たちで満たせ。さあ、出て行くのだ！

彼らは出て行き、都の人々を打った。

エゼキエル書九章六、七節──

八王子西署刑事組織犯罪対策課のデスクで、藤堂比奈子は眉間《みけん》に縦皺《たてじわ》を刻んでいた。古いエアコンがブンブン唸《うな》る室内では、同僚の清水《しみず》が自分を団扇《うちわ》で扇ぎながら作業をしている。今年の猛暑は凄《すさ》まじく、エアコンの効いた室内にいても、外の日射しが痛いほどである。比奈子も濡《ぬ》らしたハンカチでうなじを冷やしながら、分厚い聖書の、あまりに薄いページをめくって、何度も何度もため息を吐いた。

　聖書は何世紀にもわたって世界中で読まれ続けるベストセラーだ。それでも初めてまともに読もうとすれば、あらゆる部分が難解だった。アダムとイブがリンゴを食べた話とか、馬小屋でイエスが生まれた晩に、羊飼いが天使の知らせを聞いた話とか、断片的な物語は絵本や児童書で読んだことがあるけれど、『事件の鍵《かぎ》だ』と勧められた預言の書は難解で、比奈子の理解が及ばない。

　繰り返される同じフレーズ、くどくて微細な情景描写、物語ではなく啓示に重きを置いた文言には絵本の甘さも優しさもなくて、容赦のない殺戮《さつりく》、死の天使や奇怪な魔物など、恐怖を駆り立てる厳しさと禍々《まがまが》しさに満ちていた。

　——……命をどうこうしようなんてのは、神様にだけ許された行為なのかもしれない。でも、現代科学はそれを軽々と超えようとしてる。どこまでが正義で、どこからが悪意か、そもそもそんな線引きはないのか。あたしたちは、常に葛藤《かっとう》しなけりゃならない。まあ、あたしは神様も嫌いだけどね——

　東大法医学部の検死官、死神女史の言葉が頭を過《よ》ぎる。

　比奈子は女史が、神がこれ程までに冷酷で残忍であることを知っていたのだと思った。聖書にはキューピッドのようにかわいらしいエンジェルや、温厚な白髪の神様などは出てこない。それどころか、書かれた預言は比奈子が向き合っている恐ろしい現実を彷彿《ほうふつ》させるものだった。

「ため息ばっかりだね、藤堂は」

デスクに立ち上げたパソコンの奥で清水が言う。

「聖書を読んでも、めぼしい発見はなかったかい？」

「そうじゃないんです。むしろ、こんな恐ろしい話が紀元前に書かれていたと知って怖くなったというか。実物を読むまではもっと、こう……愛だけに溢《あふ》れた書物のような印象があったから」

清水はチラリと目を上げて、「まあ、宗教はねえ」と、小さく笑った。

「仏教もさ、地獄草紙とかは激しくエグいシーンばかりだよ。子供の頃は怖いもの見たさで……ああいうものはなぜか人を惹《ひ》きつけるから、怖くて残酷だけど見たくなったものだけど、見るとトイレに行けなくなるんだ。ぼくは今でも地獄絵図が嫌いだけど、すごくよく描けているとは思うね」

先輩刑事の清水良信《りょうしん》は全体的に小作りで、どことい って特徴のない顔とルックスの持ち主だ。得度《とくど》して僧侶《そうりょ》の資格も持つ、実家がお寺の坊さん刑事なのである。

「生死観は宗教に欠かせないからね。陰惨な死に様を知ればこそ、現世を正しく生きて死のうと己を正す。どんな宗教にも共通するところじゃないのかな」

「それは理解できますけど、聖書の預言を真に受けて自ら終末をもたらそうなんて、そっちはまったく理解できません。頭がよすぎる人間は、万能感に駆られてしまうものなのでしょうか」

「そこは、神の定義によるんじゃないですか？」

横から御子柴《みこしば》が口を挟んだ。

御子柴は比奈子が所属する厚田《あつた》班に赴任してきたばかりの新米刑事で、比奈子の隣の席にいる。比奈子のデスクは書類の山と、今は聖書が載せられているが、御子柴のデスクにはOA機器が要塞《ようさい》のように積み上げてある。当然、彼が関わるべき書類は置き場所すらなくて、段ボール箱に入れて足下に置き、業務は同僚の片岡《かたおか》や倉島《くらしま》の留守を見計らって彼らの机でやっている。機器が比奈子のデスクにはみ出してくることも多いので、教育係の比奈子としては、けっこうなストレスを抱えている。

「神の定義って？」

はみ出したケーブルを御子柴の机に戻して訊《き》くと、彼はもっともらしい顔をして、

「神とはなんぞやってことですよ。超自然的な存在なのか、それとも優秀な人間か。

タイムワープする未来人。はたまた宇宙人なのかという」

比奈子は「ふ」と、ため息を吐いた。

「少し前なら御子柴君を笑っていたけど、笑えなくなった自分が怖いわ。こんな事件に遭遇しちゃうと、なんだってあり得るって思えちゃう」

「あー……お疲れですね、藤堂先輩。お茶淹《い》れてあげましょうか？」

そう言って、御子柴は給湯室へ立っていった。自己中心的でオレ様だった御子柴も、ようやく、刑事にとってお茶汲《ちゃく》みが意味するところに想いが至るようになってきた。御子柴はすぐに戻って来て、清水と比奈子のデスクに麦茶を置いた。

「ありがとう」

礼を言ってはみたものの、御子柴の麦茶は色がついた水の体《てい》で、麦茶とは別の何かであった。丸麦を使う場合はヤカンで沸かし、冷えてから冷蔵庫に入れるよう、何度も言ったのになおっていない。比奈子と清水は顔をしかめ、こっそり視線を交わしてから、再びそれぞれの作業に戻った。

「う、これまずっ」

自分用に淹れたコーヒーを飲むと、御子柴も眉《まゆ》をひそめてそう言った。

警視庁就《づき》猟奇犯罪捜査班と呼ばれる比奈子らは、本庁が捜査中の重大事件を後方支援している。これらは昨年の暮れ、自警会が出資する病院が襲撃され、受刑者が皆殺しにされたことに端を発する。その後も続く事件を追う中で、比奈子は、CBET《スヴェート》という組織が聖書預言を実現するために暗躍しているとの情報を得たのだった。

「藤堂先輩。でも、あれですよ。バイオテクノロジーを聖書預言と結びつけるなんて、荒唐無稽《むけい》かと思えば、わりとそうでもないような」

コーヒーを遠ざけて御子柴が言う。

「だって、昔の人が現代に来たら、鉄の鳥や鉄の馬が闊歩《かっぽ》して、人はバベルの塔に住んで魔法を使い、寿命も延びて……てなふうに見えるわけですから。ぼく的には、ちょっと納得できちゃうなあ。啓示も強《あなが》ち妄想《おぼ》じゃないって」

一連の事件では人体実験の被験者と思しき大量の遺骨が見つかっているし、実験に荷担する科学者が別の科学者になりすまして国内に潜入していたことも判明した。御子柴はそれを言うのである。スヴェートは生命を実験材料と見なしてきた。終末を生き延びることができないのであればどこで失われようと同じだと考えているかのように、何の躊躇《ためら》いもなく命を奪う。

「ここにね」

と、比奈子は聖書を指した。

「老人も、若者も、乙女も、子供も、人妻も殺して、滅ぼし尽くさねばならないって、そう書かれているのよね。それを命令したのが神さまだなんて、私はけっこうショックだったの」

「まさしく例の組織だね」

自前のパソコンから目を逸《そ》らさずに清水は言った。

「聖書の神は何度も人を一掃してきた。バベルに塔を建てることを許さず、ソドムとゴモラを火で焼いて、洪水で全てを洗い流した。そこから見ると、スヴェートが終末を早めて新世界を創り上げようというのも、決して残酷じゃないのかも」

「清水先輩。それ、本気で言ってます？」

比奈子は清水に目を向けた。

「奴らの思想の中では筋が通っているって話だよ。もちろん人は神じゃないし、神の定義もそれぞれだから。御子柴が言うようにね」

清水は一瞬だけ比奈子を見た。

「むしろぼくはこう考えちゃうよ。スヴェートの連中は、よっぽど世の中が厭《いや》なのか、ろくな目に遭ってこなかったのか」

「神に成り代わる自信があるってことなんじゃ？　それとも東海林《しょうじ》さんが言ってたよ

うに、一周廻《まわ》ってただのバカか、ですよね」

御子柴は席を立ち、マズいコーヒーとマズい麦茶を自発的に片付けた。

比奈子は眉間《みけん》に縦皺《たてじわ》を刻みつつ、再び預言の書を読み始めた。傍らでは清水や御子柴が、バイオテクノロジーテロに荷担していた科学者の素性や、彼らがどういう経緯《いきさつ》で組織と関わり、具体的に何を目論《もくろ》んでいたのかを手分けして探っている。

終わりの時が訪れて、新しい世界が始まる。バベルの塔、ソドムとゴモラ、ノアの箱舟。聖書には滅びと再生の物語が複数あるが、それは単なる神話だと、比奈子は漠然と考えていた。ところが実際に変異させられた骨を目の当たりにしてみると、スヴェートが行っていた実験の凄《すさ》まじさや結果を思い知らされて、自分の考えが間違っていたのではないかと思うようになった。

知らないから、見たことがないから、想像できないから、あり得ないと考えるのは正しくない。彼らはすでに人体から取り出した脳を水槽の中で生かしているし、胚《はい》を操作して細胞を変質させることも、ヒトのクローンを誕生させることにも成功している。遺伝子という設計図を書き換えて、痛みを感じない人間を創り出すことや、鋼の筋肉、両生類のような皮膚、水中で呼吸する肺を創り出すことも可能にするかもしれないのだ。でもそれは……

それは人間が人間に対して行っていいことだろうか。意志と関係なく人を変異させ、あるいは個人の意志のもと、変異した命を生み出すことは、人と人との関係を根本から変えてしまうのではないか。可能だから成すと言うのなら、私たちの体と心は誰に属することになるのだろうか。

考えても考えても疑問が湧いて、答えなど永遠に見つからないと思えてくる。それなのに、彼らはそうした疑問を持たず、貪欲《どんよく》に知識へ踏み入っていく。御子柴が言うように、神は誰で、どこにいるのかという問題なのだ。

「ちょっといいですかな」

ドタドタと足音を響かせながら、紺色の制服を着た男が比奈子らのブースに入って来た。小太りで、胡乱《うろん》な目つき、おかっぱ頭に、輝く白い歯の持ち主は、鑑識のエースと呼ばれる三木《みき》だった。彼は持ってきたプリントを目の高さに掲げると、室内を見渡して、「おや」と言った。

「厚田警部補はお留守ですかな？　倉島刑事も、片岡刑事もいませんな」

「ガンさんたちは現場検証に出ています」

聖書から顔を上げて比奈子が言う。

ガンさんというのは、厚田班のチーフ厚田警部補の愛称だ。

「裏の住宅地でお年寄りが亡くなっていたとかで。ていうか、三木捜査官は行かなくていいんですか？　鑑識に」

「そう言われてみれば、月岡《つきおか》くんがおりませんでしたな」

三木は後輩鑑識官の名を出した。

「私は今ほど別の現場から戻ったところでして。今年はこの暑さですからな。殺人的と言いますか、なんというか、こちらは死因に不審なところはなくて、熱中症のようですが」

「病院で死なない限りは、こっちへ連絡が来ますもんねえ。警察官は大変だ」

他人事《ひとごと》のように御子柴が言う。

「警部補と先輩諸氏が現場へ出向いたということは、次に変死案件が来たら御子柴刑事の出番ですなあ。新鮮なご遺体であることを祈っております」

嫌みを込めて三木は言ったが、御子柴は聞いていなかった。モニターに鼻をくっつけるようにしてキーを叩《たた》き続けている。指導しがいのある後輩刑事は、パソコン関係にはめっぽう強い。

「ところで、本題はなに？　三木は何か用があって来たんじゃないの」

清水に促されると、「そうでした」と、三木は応接用テーブルにプリントを載せた。

「死亡したスヴェートのなりすまし科学者ですが、正体がわかりました」

比奈子と清水は席を立ち、テーブルの前に集まった。御子柴はチラリと視線を寄《よ》こしたが、そのままキーを打ち続けている。

「その件に関してはあまり大胆に動くなと、ガンさんが」

比奈子は知らず声を潜めた。

バイオテロ組織スヴェートについては、まだ全容が解明されていない。公安と捜査一課がそれぞれの立場で追いかけているものの、スヴェートの構成員が警察組織に侵入している節もあり、情報の扱いには慎重になれとガンさんから言い渡されているのだった。事実スヴェートの息が掛かった科学者が献体から奪い取った眼球や指紋を認証パスに使って、セキュリティ強固な国の施設に忍び込んでいたこともわかっている。

「大丈夫です。署のパソコンで調べたわけではありませんからな。それに」

おかっぱの前髪をサラサラさせて、三木は鋭い眼差《まなざ》しを比奈子に向けた。

「鑑識課のブンザイでは使うチャンスすらないスキルを駆使できるのは、この上ない快感なのでして、ちょっと調べてみたところ、警察庁の行方不明者届の中に、当人と思しきデータが見つかりました」

三木は顔写真が載ったプリントを比奈子に渡した。

少し前、比奈子らはスヴェートの息が掛かった科学者の一人を特定することに成功した。この科学者は、国の施設である日本精神・神経医療研究センターに勤める毒物学者が死んだあと、彼に成り代わって同所に潜伏していたのである。なりすまし科学者と面識があるのは比奈子だけだから、三木は比奈子の反応を注視する。

一人のなりすましを見破ったとき、何かが起きて四名が死んだ。尻尾《しっぽ》を摑《つか》まれそうだと察知したスヴェートが、素早く部下を処分したと比奈子らは考えている。三木が持って来たプリントには『松平幸司《まつだいらこうじ》』と名前があって、成り代わり元の科学者同様毒物学者だ。顔は確かに見覚えがある。比奈子は彼に会った時のことを思い出す。会って数分で、彼は自分が殺害されるだろうと口にした。そして、その通りになった。間髪を容《い》れず、止める間もなく。

死亡した松平の顔は苦痛に歪《ゆが》み、生前のそれとは大きく違ってしまっていたが、プリントの写真は会った瞬間の彼に似ていた。

扁平《へんぺい》で四角い顔だった。胡座《あぐら》をかいた低い鼻、腫《は》れぼったい目と、分厚い唇。写真の男は記憶より若く、度のきつそうなメガネのせいで、両方の目が大きく見えた。それでも輪郭は四角いし、鼻の形も記憶に近い。写真には氏名の他に生年月日、現住所、身長や、中肉中背などという身体的特徴も記されていた。

「似ているし、彼だと思う。でも、写真のほうが若いわ」

「当然ですな」と、三木は言った。

「これは十年も前の写真ですから。松平幸司は毒物学を研究しておりまして、十年前に研究目的で渡仏した後、行方不明になり、約一年前には失踪《しっそう》宣告がなされて、戸籍上は死亡者でした」

「そういえば……串田《くしだ》教授になりすまして一年になると、自分で言ってた気がするわ。それまでの九年間は、どこで何をしていたのかしら」

「さすがにそれはわかりませんが」

「海外にいたのかもね。国内だけでなく世界中に、なりすましがなりすましのまま研究を続けられる施設があるのかも」

「かもですなあ」

「どうして身分を偽るのかしら？　悪意の研究に手を染めていたとしても、死んだことにする理由がわからない」

比奈子が眉《まゆ》をひそめると、

「家族のためなんじゃないのかなあ」

と、清水は言った。

「いや。ぼくもそれは考えたんだよ。実際は生きているんだからさ、センターに入るために死人のIDを使ったとしても、自分まで死んだことにする必要はあるのかなって。で、スヴェートは、工作員の局所に入れ墨を入れさせるような組織じゃないか？もしもぼくが工作員だったら、やっぱり自分を世界と切り離したと思うんだよね。だって家族が心配だろう？　何をするかわからない組織なんだし」

「もしくは、工作員になった時点で現世の自分は消失させるという掟《おきて》があるのかもしれませんなあ。何せ終末を企《たくら》む組織です。この世に未練があるうちは、任務の遂行などできませんし」

全ては推測の域を出ないのだが、清水が言うことも、三木の話も、尤《もっと》ものように比奈子には思える。自分を抹消してまで遂行しなければならない任務が世界を終わらせることだなんて、あまりに虚無で寒々しいが。

「もう一つ。自分がオタクだからそう思うのかもしれませんが、全くの他人になりすますのは、一種の快感を伴うことでもありますからな。まあ、奴らのそれはコスプレの比ではありませんが。そもそもがコスプレは、扮《ふん》する相手が架空キャラであることからして人畜無害なお遊びです。而《しこう》して奴らのやり口では誰も相手を疑いません。例えば学会で、これは有名な学者先生ですと紹介される。本人が名刺を渡し、立派な講演をし、研究室を持って研究をしている。こうなりますと、よもや相手が影人間などと誰が疑念を抱きましょうや。あり得ないことほどあり得るのですよ。日常生活でも同じですな。隣に越してきた人が数年前に死んでいたはずの人物だったなど、普通は思いもしませんからな」

いやこれは調子に乗って喋《しゃべ》りすぎましたと、三木は鼻の穴を膨らます。比奈子は捜査手帳のページをめくった。手帳には、文字ではなくへたくそなイラストばかりが並んでいる。カリフラワーのようなイラストが出てくると、彼女は突然こう言った。

「俺の名前は松平幸司。ここに潜伏して一年になる。くそっ」

「ほうほう。たしかに言っておりますな」

三木は驚きもせずに頷《うなず》いた。描き留めたイラストを見るだけで、耳から入った情報を自在に引き出せるのが比奈子の特技だ。

「他には？　ついでに聞きたいものだね。そのとき何が起きたのか」

清水に促されて、比奈子は手帳に目を落とす。目の前で松平を殺された日のことが、今見ているように思い出された。

「俺たちは、正しく世界を創りなおす『光』の組織のはずだった。だが、ミシェルが、計画推進のためには金が必要だと……テクノロジーを売り込んだ……テロ組織に」

松平の言葉を再生しながら、比奈子はイヤな空気に包まれていた。死んだ松平の汗の臭いと、怯《おび》えでギラギラした瞳《ひとみ》、そしてやり場のない怒りを思い出す。

「……畜生。いいか、奴はエメに内緒で自分のコピーを創ろうとして、それがバレて組織を追われた。なのにまた帰って来た。十二年前に……」

清水と三木は顔を見合わせた。

十二年前には魔法円殺人事件と呼ばれる猟奇事件が起きている。殺害されたのは歯科医師一家と、同じく歯科医師のフランス人だ。この男がエメで、歯科医院に残された治療痕《こん》データを抹消しようとしていたことがわかっている。その前後、木更津《きさらづ》の牧場跡地に無数の死体が埋められた。中には若い女性や嬰児《えいじ》の遺体も含まれていて、クローン実験の被害者だったこともわかっている。ミシェルは自分のコピーを創ろうとして大量の犠牲者を出した。比奈子は続ける。

「……でも失敗した。組織の技術を個人的なことに使ったと知ってエメが怒り狂うと、ミシェルが殺した。幹部も殺した。そして実権を握ったんだ。忠誠の証《あかし》に入れ墨を……拒否すれば殺され、尻尾を掴まれても殺される……」

比奈子はぎゅっと目を瞑《つむ》った。言葉だけでなく、もんどり打って床に倒れ、泡を吹きながら死んでいった松平の姿を思い出したからだった。直後に知ったさらにおぞましい光景……水槽で培養されていた殺人鬼の脳が、比奈子の名前を呼んだことも。脳はあれからどうなったのだろう。まさか、今もあのまま生き続けているなんてことは。

「そこまで喋って死んだんです。遠隔操作された毒物で」

三木と清水はため息を吐いた。いつのまにか、ちゃっかり御子柴が同席している。

「恐ろしい能力ですねぇ……いや、藤堂先輩の記憶力が。レコーダーかと思いましたもん。迫力半端ないですし」

「え、そっち？」

と清水は呆《あき》れた。

「恐れるべきは藤堂の記憶力じゃなく、スヴェートの容赦のなさじゃないの？」

御子柴には凶悪犯罪に対する嫌悪や恐怖が決定的に足りていないようで、清水も心配になるのだろう。恐怖を知らない者は、恐怖とは戦えない。ガードがおろそかになって危険を招いてしまうからだ。

「そうだ。三木さんもお茶飲みますか？」

先輩の懸念などどこ吹く風で、御子柴は答えも待たずに給湯室へ立って行く。薄いコーヒーを飲んだ御子柴は、麦茶があまりに不味《まず》いことを知らずにいるのだ。

「さらに、ですな。国際手配のアシル・クロードについても調べてみました」

御子柴が去ると、三木は別のプリントを取り出した。プリントは全部で三枚あって、一枚にはアシル・クロードの手配写真が載せられていた。アシル・クロードは比奈子と言葉を交わす間もなく死んだ。悲鳴を聞いて比奈子が脳科学者の部屋へ駆けつけたとき、すでにこの男と、白人の女が、床に倒れて死んでいた。

「こちらは囚人を人体実験に使って、勝手に脳を切除したり、髄液を入れ替えたり、その他様々な生体実験をしたカドで、国際指名手配されている脳科学者でした。まさか日本に潜伏していたとは思いませんでしたが」

「こんなに清々とした顔で、そんなに酷《むご》いことをやっていたのか？　そういう輩《やから》が行くんだよ。地獄や煉獄《れんごく》ってところはね。そして数倍返しの責め苦に遭うんだ」

清水は手を伸ばしてプリントを取った。すると、下からもう一枚、白人の女を写した写真がでてきた。

「あ。この人……」

比奈子は三木の顔を見た。

「アシル・クロードと一緒に死んだ女です。誰なんですか？」

アシル・クロードと白人の女。二枚の写真についたプロフィールは、日本語ではなく英語で書かれていた。名前は辛うじて読めるものの、どういう素性の人物なのか、比奈子の英語力ではわからない。

するとと御子柴が戻って来て、三木に薄い麦茶を押しつけた。

「名前はジャン・ウンビ・オーランシュ。現在四十五歳の脳神経学者みたいです。当局の許可を得ず、囚人を秘密裏に生体実験に使っていたカドで中国政府に捉《とら》えられ、死刑になったと書かれていますね。もう二十年近くも前に」

「二十年近く前……」

そんなはずはない。彼女はアシル・クロードの助手をしていて、アシル・クロードと一緒に殺されたのだ。

「こっちもか。死んだはずの人間が生きていて、また殺された。と」

やれやれというように、清水はゆっくり頭《かぶり》を振った。

「彼女はアシル・クロードの教え子でして、ただならぬ関係だったようですな。ちょっと調べてみましたら、アシル・クロードは本国に年上の妻と三人の子供を残しています。当局はアシル・クロードから連絡があるかと、今も家族の監視を続けておるようですが、本人が日本で死亡したことは、家族に伝えられるか、どうなのか」

「イヤですねえ」

御子柴は眉《まゆ》をひそめた。目がクリクリとした童顔なので、どこか芝居がかった仕草に見える。

「死んだ人間が本当に死んだのかって、結局どうやって調べればいいのかな。例えば身元不明の遺体があって、家族が『これは本人だ』と死亡届を出してしまえば、事実上それで死亡が確定するわけじゃないですか。本当に本人かDNAで照合するわけでもないから、こっそり生きていてもわからないってことですもんね」

たしかに御子柴の言うとおりだ。通常は死人になって得することなど何もない。けれど松平幸司やアシル・クロードのように、他人になりすました場合はどうだ？

彼らはセキュリティ強固な国の施設に侵入し、おぞましい研究を続けていた。スヴェートの闇を濃くするために。

「ガンさんが戻ったら、三人について報告しよう。センターで死んだ四人のうち、素性がわからないのはあと一人だね。そいつは研究者ではなくスタッフだっけ」

清水に訊《き》かれて比奈子は答えた。

「正確に言うと、素性がわからない人物は、死んだスタッフ一名、不明一名の合計二名です。スタッフに化けていた一名は研究者らと一緒に死亡して、本庁の東海林先輩が素性を調べているはずですが、他の一名は……」

比奈子はまた、ため息を吐いた。

「死んでいないし、素性も、顔も、わからない。今もセンターにいるのかどうかも」

たぶんそいつが仲間四人を殺害した犯人だ。躊躇《ためら》わず、容赦なく。

「ふむ」

と、三木が鼻を鳴らした。

「ところで、死亡した四人の遺体は、その後どうなっておるのですかな？」

比奈子は曖昧《あいまい》に頭を振った。

「それも私にはわからない。あそこは特殊な施設だから、内部のことはまったく」

「司法解剖はどうしたのかな。死神女史が執刀したんじゃないってことか」

清水は大仰に腕を組んだ。死神女史とは、東大法医学部に籍を置く検死官のことである。猟奇遺体に目がない変人として警視庁ではその名を知られ、本名の石上妙子をもじったあだ名が死神女史。猟奇犯罪捜査班の重鎮でもある。

「私も死神女史も、速やかに外へ出されてしまったし、聴取を受けたのも警視庁本部の中だったし」

ふむ。と、清水は頷《うなず》いた。

「状況から言って藤堂が追い出されたのは仕方がないと思うんだ。藤堂は、刑事ではなく死神女史の助手ってことでセンターに登録しているんだからね」

「ええ。そうです」

「ふつう法医学者の助手は捜査をしないよ」

「普通はそうですが、死神のオバサンに限って言えば、このままおめおめと引き下がるとも思えませんが」

「え？　それってどういう……死神のオバサンが、独自に捜査をするとでも言うんですか」

興味津々の御子柴に、三木は麦茶を突き返す。

「ところで。話は変わりますが、御子柴刑事。先《ま》ずは藤堂刑事から、きちんとしたお茶の淹《い》れ方を習うべきですな。これは麦茶ではなく馬のションベンです」

「三木さん、馬のションベン飲んだことがあるんですかっ？」

御子柴が真顔で訊いたので、三木は二の句を継げなくなった。そこで比奈子は、真っ当な麦茶を作るため給湯室へ立って行った。

ガンさんが戻ったら、死神女史のところへ行かせてもらい、その後の情報を仕入れてこよう、ついでに東海林先輩とも会ってこようと考えながら。

東京大学の法医学研究室で、死神女史は電話をしていた。

狭い部屋にひとつだけの窓からは、ブラインドを透かして銀杏《いちょう》並木が窺《うかが》える。少し前まで鮮やかだった並木の緑が疲れたように色褪《いろあ》せている。

最近は、夏の終わりに衰えていく木を見ると、自分自身に重ねてしまう。死神女史と呼ばれるわけは、いつも死体のことを考えているからなのか、それとも死神に魅入られる年になったということだろうかと。

「それじゃ、彼女に犯罪歴はないんだね？」

ブラインドから差し込む光が眩《まぶ》しくて、首を傾げて光を避けた。電話の相手は警視庁捜査一課の管理官田中克治《たなかかつじ》で、時折マウスの音がする。部下ではなく本人が、検索エンジンを動かしているということだ。

「ありませんね。少なくとも日本国内で犯罪を起こした履歴はありません」

「海外では？」

「そちらもです。偽名を使っているのではありませんか？」

「わからない」

「せめて写真があれば、顔認証ソフトを使えるんですが」

「残念ながら写真はないよ。今のところは」

困りましたね、と田中管理官はため息をついた。

「どういう素性の女なんです？」

「スサナ・アラヤは晩期死体現象の専門家だよ。日本精神・神経医療研究センターで死体農場《ボディファーム》を管理している」

「むう、なるほどね」

と、管理官は小さく唸《うな》った。

「センタースタッフの身元は保証されているはずですがねえ」

「そうだよね。ま、犯罪履歴がないことは、わかった」

「その女に何か怪しいところが？」

「いや、まったく。純粋に興味の範疇《はんちゅう》だから。手間を取らせて悪かったね。長い付き合いなのに、彼女のことを何も知らなかったと、今さら気付いた間抜けぶり。笑っていいよ」

「先生が笑い事を振ってきたことなどないでしょう。何を調べているんです？」

「わからないことばっかりで、とりあえず何を調べなきゃいけないのかを調べてる」

髪を掻《か》き上げてメガネを外し、瞼《まぶた》を押しながらそう言った。

「例の組織のことですか」

「それはそっちが調べてるんだろ？」

そう言ってから、「影人間の遺体は解剖したかい？」と、また訊いた。

「しました。何が仕込まれているかわからないので、センターの解剖室で司法解剖した後は、そのまま冷凍保存しています。死因は頸動脈《けいどうみゃく》直下で劇毒物入りのカプセルが割れたことで、センターのマイクロチップと同じ物が使われていたようです。図らずも、犯罪者用マイクロチップの威力を証明したことになりました」

「そうだろうね」

死神女史は、実際目にした彼らの最期を思い出していた。影人間たちは脳科学者や毒物学者になりすまして日本精神・神経医療研究センターに侵入していたが、正体がバレた瞬間、何者かに殺された。泡を吹き、眼球が飛び出すほど苦しんで。

「ところで、死亡した四名のうち、研究者に化けた男性二名の局部には、例の入れ墨があったそうです」

「やっぱりルシフェルだったんだねえ」

ルシフェルはスヴェートの工作員を指す言葉である。わずかひと月足らずの間に、死神女史は局部に入れ墨を持つ死体を何体も司法解剖していた。入れ墨は光を模したロゴマークで、闇の組織に忠誠を誓った証《あかし》として局部の裏に入れられる。

スヴェートの前身は終末思想を持つ科学者たちの集団だったようだが、十二年前にトップが入れ替わってからは、バイオテクノロジーテロを目論《もくろ》む闇の集団と化したらしい。現在のトップはミシェルと呼ばれ、倫理観も罪悪感も持たない人物だと言われている。

「ところでひとつ疑問がある。センターのマイクロチップが影人間の首に埋め込まれていたのはなぜなんだろうね？　あの技術がセンター以外の場所で使われるはずはないし、使う必要もないはずだろ？　まあ、技術ってのはどこかでつながっているものだけどさ、それにしても」

センターには特殊犯罪者らが収監されている。頸動脈直下にマイクロチップを埋め込まれ、逃亡、及び反社会的な行動をすると致死量の毒が発射されるシステムだ。

「不明です」

田中管理官は言下に答えた。

「チップの破壊信号は、センターのメインコンピュータが出したのかい？」

「調べましたが、履歴はナシです。そもそも死んだ四人は登録上の研究者であって犯罪者ではありませんから、メインコンピュータがマイクロチップの破壊指令をＯＮにしても影響はありません。チップを持つ者の名簿に記載がないわけですからね」

「そうだよねえ」

死神女史はこめかみを掻いた。一見ポヤポヤしているくせに、こと捜査に関しては常に鋭い閃《ひらめ》きを持つ、比奈子がそばにいてくれたらと考えながら。

「なら、チップの破壊命令は別の回路から出されたんだね。センターと同じシステムの、別個の命令系統が存在していたってことになる」

「あっちもこっちも大騒ぎですよ」

田中管理官はため息を吐いた。

「確認するにはセンターのメインコンピュータをチェックしなきゃならないわけで、それはそれで大問題だ。ご存じでしょうが」

「厄介なことになっちゃったねえ」

「足をすくわれた気分ですよ、まったく……」

貧相な顔を歪《ゆが》ませて、唇を噛《か》む田中克治の渋面が見えるようだった。

日本精神・神経医療研究センターには、優秀な頭脳と優秀なスタッフ、希有《けう》な知識が詰まっている。メインコンピュータをチェックするには、準備とデータの保護に最大限の注意を払う必要がある。小さなメモリチップに膨大な知識を蓄えられる現代では、チップひとつを失うことで莫大《ばくだい》な知識を失うことも起こりうるのだ。

「他にわかったことはある？」

「まだ何も、大したことは」

「わかったとしても電話で迂闊《うかつ》に言えないか」

田中管理官は一瞬黙り、女史が電話を切ろうとすると、こう言った。

「猟奇犯罪捜査班はいい働きをしてくれています。特殊犯罪専門チームのモデルケースとしては大成功だ。警察組織は変わりますよ」

「そうだね。ぜひ、いいほうへ。こっちも何かわかれば連絡するから、そっちも隠し事はなしで頼むよ？　あんな奴らと闘うからには、どうしたって力を合わせなきゃ」

死神女史は電話を切った。

メガネを拭《ふ》いて掛け直し、デスクに戻ってパソコンを立ち上げる。

椅子に座ると西日が目に入ったので、再び立って行ってブラインドを閉じ、ついでに煙草に火を点《つ》けようとして、やめた。

常に吸い殻が山になっていた灰皿も、今では平らになる程度。エネルギー源として重宝していた明治のミルクチョコレートも、一日で数枚を消費することはなくなった。

彼女は煙草をケースに戻し、両手で髪を掻き上げた。

「年だねえ……」

と、ため息を吐き、自分の研究室を見渡した。

この部屋を与えられた日のことは、昨日のように覚えている、それなのに。

初めから古臭かった建物は、ちっとも変わっていないというのに、いつの間にか自分だけが年を重ねた。教え子だった田中克治は今や警視庁の管理官だし、法医学を師事した恩師はこの世を去った。厚田警部補はすっかり頭が薄くなったし、何よりも……死神女史は額を揉《も》んだ。情けないことに、たった一度悪性腫瘍《しゅよう》に打たれただけで、前のようには体が動かなくなってしまった。煙草もあまり美味《おい》しくないし、チョコレートを爆食いすれば不調が出るし、体力と共に持久力も失われ、もはや意地と勢いだけでは仕事をこなせなくなってきた。

デスクには卓上カレンダーが置かれていて、ガンの再発検査の予定日に〇がついている。その予定日から、すでに一週間も過ぎていた。

「やれやれだ」

愚痴も不安も追い払うように、死神女史は頭《かぶり》を振った。

晩期死体現象の研究者が集う学会のリストを呼び出して、ひとりひとりの顔写真を確認する。調べているのはスサナの素性だ。

スサナ・アラヤは三十代後半、黒髪に褐色の肌、長身で肉感的な体つき、朗らかで快活な美女である。彼女がいる日本精神・神経医療研究センターは武蔵野《むさしの》市の郊外にあり、厚生労働省が管轄している。表向きは『人体に関わるすべてを研究する国の施設』だが、世界的な研究者が集うだけでなく、一部の凶悪犯罪者が収監されて、専門的な研究を続けていることは知られていない。

犯罪者らが生涯を終えると、その体はスサナが管理するボディファームの献体となる。ファームに置かれる死体には、自ら献体になることを望んだ研究者やスタッフなども含まれるのだが。

カーソルを動かしながら、自然と肩を怒らせていた。件《くだん》のセンターは表向きだけの正義や倫理を振りかざすことなく、真に科学の発展を図り、等しく人類に貢献するための素晴らしい施設である。特に犯罪者個人とその能力を切り離し、あらゆるジャンルにおいて専門的な知識や技術を活用してきた点は評価されて然《しか》るべきだ。

それなのに、その施設に悪意の部外者が侵入していたなんて、科学の発展に邁進《まいしん》する研究者や国の善意を土足で踏みにじられたようで腹が立つ。

「こんなことが許せるかい？」

モニターに並ぶ研究者らに問いかけてみる。白衣の胸に権威のバッジを光らせた博士たちは、誇り高い表情をこちらに向けるが、答えはしない。

ボディファームの献体になった研究者が、『生きて』センターに存在する。国内トップクラスのセキュリティを誇るセンターに、『影人間』が五人もいたのだ。センターを出入りする者は、瞳《ひとみ》の虹彩《こうさい》と指紋で認証されている。侵入者は献体の死亡届を抹消し、献体から認証部位を奪ってなりすましたと思われる。献体からそれを盗み出せるのは、ボディファームを管理するスサナしかいない。

スサナは本当にスサナなのか。それとも影人間と同じなりすましなのか。何が本当で何が嘘か、直接本人を知っていてすら、死神女史は迷っている。

「いない。違う。これも、違う」

頬杖《ほおづえ》をついてモニターを睨《にら》み、カーソルを動かして画面を替える。

スサナとの付き合いは数年に及ぶ。警視庁で起きた凶悪犯罪において、状態が悪すぎて通常の検査で死因を特定できない場合、スサナの力を借りて死因を究明し、多くの捜査に役立ててきた。心から信用していたし、彼女も真摯《しんし》に応《こた》えてくれた。

「スサナ……」

笑うと笑窪《えくぼ》ができるスサナの顔を思い出し、死神女史は唇を噛む。

「犯罪者でないのなら、スサナの首にマイクロチップを埋めたのは、センターじゃないってことになる……どうして、スサナ」

独り言をつぶやきながらスクロールする。

犯罪者を管理するマイクロチップがスサナの首にもあることを、死神女史は最近知った。そして当然、スサナも収監された犯罪者なのだと思っていた。ところが田中管理官が調べても、彼女に犯罪歴はないという。犯罪者でないのなら、死んだ影人間たちと同じ、なりすましということになる。けれど四名が死んだ時もスサナには異常がなく、消えた一人と同様に生き続けている。

「なまじセキュリティが強固だから疑いもしなかったけど……あんたは誰？」

名前でヒットしないなら、顔写真を調べようと思った。けれども晩期死体現象の専門家リストには、スサナらしき風貌《ふうぼう》の人物も、スサナに成り代わられたと思《おぼ》しき博士もいない。そもそもスサナの外観は、持って生まれたものなのだろうか。ある種の人工ホルモンを注射すれば白人の肌を褐色にできるし、髪質すら変えられる。整形ならばさらに容易《たやす》い。いや、性別を変えている可能性もあるか。

科学は恐ろしいスピードで進化している。体にメスを入れずとも、人体をデザインできる時代になった。そうしてまた、振り出しに戻る。

「スサナ。あんたは友だちだろう？」

死神女史は気付いていた。スサナもまたルシフェルで、何らかの方法でセンターに送り込まれたと考えるのが順当だと。

そんなことはわかっている。

マウスから手を離し、死神女史は天井を見上げた。薄暗い建物は、そこここに長い歴史が積もっている。

彼女のマイクロチップを見つけたのは、四六時中メインコンピュータを監視している金子未来《かねこみく》だ。独自に構築したコンピュータルームで暮らし、一部のスタッフや収監者としか接触しないサヴァンの青年。あまり喋《しゃべ》らず、自室を出ることもなく、誰かに興味を持たれることもない。

だからスサナはまだ知らない。金子を通して自分たちが、首のマイクロチップに気付いたことを。

カーソルを動かしながらも、女史の思考はモニターを上滑りする。

ここは慎重に調査しないと、疑われたことがわかればスサナも消される。人の命など試験管の検体ほどにも思っていない連中だ。躊躇《ためら》うことはないはずだ。

死神女史は名簿を追うのを諦《あきら》めて、別の角度からスサナの素性を探ることにした。

同じ頃。

スサナは記録用タブレットを小脇に抱えてボディファームを歩いていた。

数日前にバイオハザード棟で事故が起き、死人が出る騒ぎになったが、死人はファームに来なかった。いつも通りにここは平和で、穏やかに還《かえ》っていく死者たちに混乱はない。センターの中庭に建つ納屋さながらの施設では、人工的に造られた岩場や森、草生《む》す地面、流れる川や淀《よど》んだ沼などに無数の死体が置かれていて、風が吹き抜けると濃厚な臭気が匂い立つ。

スサナは深く呼吸した。トタン屋根に空いた穴から落ちる陽が、中空に白く光の筋を描いている。折り重なる光はレースのようで、風景を美しく霞《かす》ませている。

いつだって、光は神聖なもののように降り注ぐ。

スサナは屋根を見上げて、石壁に銃が穿《うが》った無数の穴を思い描いた。レースのような光は菩提樹《ぼだいじゅ》の枝に揺れていた色とりどりの薄布に似ている。黄色い埃《ほこり》が舞い立って、光と闇を分けていた。地面にあるのが虐殺の跡でも、神聖なふりで光は射して、そして血まみれの死体を照らした。

スサナは静かに目を閉じた。

彼女にとって、人生最初の記憶が殺戮《さつりく》だった。たぶん二歳か三歳の頃。スサナは抱かれて舟に乗り、恐ろしく広大な水を見た。切れ切れに過ぎる顔は両親かもしれないけれど、わからない。続く記憶もまた殺戮で、一部は真昼の太陽のごとく真っ白だ。抱き上げられて振り向いた先の陽炎《かげろう》はバーナーで焼かれる死体の色で、自分を力強く抱いていたのは若いフランスの医者だった。エメという名だったけれど、もういない。

ボディファームには屍臭《ししゅう》が漂う。それは献体を観察するとき、容赦なく体に染み入ってくる。目眩《めまい》と吐き気をもよおすような悪臭であっても、スサナはそれが好きだった。人が嫌えば嫌うほど、安全を約束する臭いだからだ。

「カンノウ的……」

タブレットを置いて、目を閉じて、翼のように腕を広げた。

献体が吐き出す死の臭い、魂の抜け出た体が腐っていくときの臭い。この臭いを発する者は、人に危害を加えない。それどころか、隙間に潜り込めば守ってくれて、武装集団をやり過ごせるのだ。腐敗臭は安全の匂い。鎧《よろい》のような死者の匂いだ。

光の中で、スサナは緩やかに回転しながら深呼吸した。匂いは記憶と結びつき、体は激しいエクスタシーを感じる。幸福で平和な、愛すべき時間。

やがて彼女はため息とともに目を開けた。

足下を流れる人工の川に、一人の男が俯《うつぶ》している。積まれた石を抱くようにして、浅瀬に顔を突っ込んでいる。顔の半分が水に落ち、残り半分でスサナを仰ぎ見ているが、すでに目が飛び出して、顔は見るかげもなく膨らんでいた。

「ハイ、リョーゾウ。調子はどう？」

スサナは跪《ひざまず》き、膨らんだ顔を写真に撮った。水に落ちた半分は、そろそろ眼球が抜け落ちそうだ。脳はとうに溶けていて、耳から液が漏れ出している。

白衣のポケットから計器を出すと、リョーゾウの頰の硬さを測り、数値をタブレットに記録した。パシャリ、と小さな魚が跳ねて、銀の水面《みなも》が微《かす》かに揺れる。背後には首を吊《つ》った死体が一人、その足下にも一人いる。川と沼の奥には室内を再現したブースがあって、バスタブ、トイレ、大型オーブンや衣装ケースなど、想定できる限りの環境に死体がいる。もちろん車も、シースルーになった墓穴すらある。

「ハイ、タカコ。また少しスリムになったね」

ロッキングチェアに掛けたまま、ミイラ化していく老女にスサナは言った。

風の通りがいいために腐敗と乾燥がバランスよく進んで、頭髪はほとんど失われていない。彼女の瞼《まぶた》も、窪《くぼ》みはしたが閉じたままで、長い睫《まつげ》が美しい。スサナはタカコを写真に撮ると、衣服を持ち上げて皮膚の状態を確認した。

「あなたたちは安らかね。死ぬ覚悟をして死んだから」

データを入力し終えると、百人近くいるファームの住人を見渡した。すでに骨になってしまった者を含め、献体はみな、静かで穏やかだ。

「でも、そうでない人たちは」

スサナは今もまだ、自分に覆い被《かぶ》さって死んだ誰かの血や内臓の温かさを思い出す。

「生きたい顔で死んでいくのよ。死の瞬間を貼り付けて、信じられないという顔で」

どれほど時が経ったとしても、真っ白な記憶の底でさえ、凄惨《せいさん》なビジョンは色を持つ。だからスサナは恐れてしまう。自分の最期はどちらだろうと。

願わくは安らかな顔で死に、献体の一人になりたいものだ。

回転翼の音がして、ファームの木々が梢《こずえ》を揺らす。見上げると、センターの屋上へ向かうヘリコプターが頭上を過ぎた。タブレットが「ポン」と鳴る。献体としての役目を終えた三遺体が、搬出される日だからだ。

「F3101、ASAP、1060520000V、スサナ」

音声キーを入力してタブレットのメッセージを開くと、思った通り、遺体引き取りのヘリが到着したことを知らせていた。スタッフが遺骨を取りに向かうので、速やかに渡して欲しいと書かれている。

献体も様々で、屍蠟《しろう》化を試して半永久的にファームに残りたいと望む者がいれば、遺骨すら研究材料に差し出して、完全に自己の痕跡《こんせき》を消失したいと望む者もいる。けれども今日の三遺体のように、データを取ってのち、洗浄処理した遺骨を遺族に引き渡して欲しいと言われるケースが最も多い。

白衣の裾《すそ》を翻し、スサナはファームの入口へ向かった。

役目を終えた遺骨はそれぞれ透明なプラスチックケースに入れてある。菌やウィルスを持ち出さないよう徹底的に洗浄し、骨片に至るまで丁寧に拾い、足指から順にケースに納めて、一番上に頭蓋骨《とうがいこつ》を載せている。短い者で約半年、長い者では二年にわたって貴重なデータを取らせてくれた献体たちだ。

「バイ」

ハイビスカスの植え込みから大輪の花を選んで手折り、三つのケースに一輪ずつ手向けた。戯れに日本人を真似て両手を合わせ、なぜ、日本なのかと考える。自分はどうして日本にいて、この国を好きになり、このままここにいられるだろうかと。

スサナは自分が誰かを知らない。ただ、東洋人の血が混じっているようだと言われて育ってきたから、それで日本に親近感を覚えるのかもしれない。

本当の名前が何だったのか、それもスサナは知る由がない。『スサナ』はエメがつけた名で、姓は何度も変えられた。アラヤになったのは二十歳ぐらいの時で、その頃はハワイに住んでいた。エメは『決めたよ』とスサナに言って、その年の建国記念日で二十歳になった日系三世、スサナ・アラヤという経歴を与えた。それ以降、スサナはアラヤを名乗っている。ハイビスカスはあの美しい島と、その頃のことを思い出させる。幸福な未来、幸福な国、幸福な地球のために勉強をしていた頃だ。

手を合わせただけで祈ることはせず、スサナはあっさり目を開けた。

死者のために瞑目《めいもく》するのは美しい風習だが、それができるのはこの国が平和だからだ。ひとたび戦闘が始まれば、人は悲しむ間もなく生きねばならない。

ケースのそばで待っていると、背の高いスタッフが中庭をやって来るのが見えた。センターから持ち出せるのは基本的にデータのみだが、献体の遺骨は外に出る。もちろんケースは金属スキャンに掛けられるし、遺骨以外は持ち出せないので、美しく赤いハイビスカスも検閲所までしか伴走できない。

スタッフはスサナの前まで来ると、ケースに手向けた花を見下ろし、

「柄にもないことを」と鼻で嗤《わら》った。

瞬間、スサナは全身が凍った。

目の前にいる男をスサナは知らない。ここにいるほとんどの人と同じ白衣を着て、ほとんどの人と同じように俯《うつむ》き加減で立っている。長身のスサナより背が高く、ボデ

ィファームの臭いに戸惑いもしない。東洋人で、まだ若く、眉《まゆ》も目も鼻も口も、どこを取っても見覚えがないのに、スサナは彼を知っていた。タブレットを盾のように抱いたのが警戒心の表れだとしても、止められない。

彼はケースの前に跪き、ゴミを払うように花を払った。真っ赤な花は地面に落ちて、美しい花弁がひしゃげて散った。おもむろにケースの蓋《ふた》を取り、悼むように天辺《てっぺん》に載せた頭蓋骨を鷲摑《わしづか》みにして、ひっくり返した。頭蓋骨の内側には、半割になった眼球と、指先の皮膚が貼り付いている。

鳥肌は、白いスニーカーを履いた足にまで達した。スサナは男を見下ろしたまま、逃げることもできずに立ちすくむ。男は頭蓋骨をケースに戻すと、その手で白衣のボタンを外した。

「藤堂比奈子という女を知っているか？」

なんて酷薄な声だろう。スサナは無言で頭《かぶり》を振った。

ボタンを外すと、男は白衣の前をはだけて素肌を晒《さら》した。誇張するように突き出した胸に、女の顔がプリントしてある。スサナは女を知っていた。法医学者石上妙子の助手をしている小さい女だ。メンタルケアドクターのタモツを訪ねて来ることもある。

そう思ったが、黙っていた。

男は白衣の前を合わせると、上目遣いにスサナを睨《にら》んだ。真意を見透かす眼光に、スサナは無表情で立ち向かう。それが気にくわなかったのか、彼はケースの骨片をつまんで、スナックのように奥歯で嚙《か》んだ。

「ここに出入りしている女だよ。鶏《とり》ガラみたいなババアと一緒にいるのを観たぞ」

ハッキングした監視映像で確認済みだと言っているのだ。何もかも見透かされているようで、ゾッとした。

ガリリと音を立てて遺骨を嚙み砕き、男はそれを舌先に載せてスサナに見せた。

「この女の正体を探れ」

「正体……」

「そう、正体だ。すぐにやれ」

爬虫類《はちゅうるい》のように薄くて長い舌をベロンと突き出し、嚙み砕いた骨を地面に落とす。

スサナはタブレットを抱いたまま、返事の代わりに目を瞑《つむ》った。正体と言われても、彼女は法医学者石上妙子の助手のはず。他に何があるというのか。

男は手際よくケースを重ねると腕に抱えて立ち上がり、さらに氷のような声で言う。

「サヴァンが管理しているコンピュータもだ。なぜウィルスに感染しない」

「USBメモリを渡したけれど、使わないのよ」

「気付かれたのか」

「そんなはずは」

ふん。と、男は鼻を鳴らした。スサナは慌てて補足する。

「金子未来は自閉症で……普通に会話ができないし、何を考えているかもわからない。でも、USBは受け取ったから……」

話しながらも慄《おのの》いていた。底冷えのする威圧感と激しい恐怖。そばにいるだけで全身を剃刀《かみそり》で切られるようだ。人が発するオーラとは思えない。

「使わないなら同じことだ。なんとかしろ」

「わかりました」と言うのがやっとだ。

「では。もらっていきます」

打って変わって爽《さわ》やかな笑顔で、男は言った。監視カメラに映り込む場所でスサナに白い歯を見せながら、靴でハイビスカスを踏みつける。そしてそのまま振り向きもせず、去って行った。彼の姿が中庭を過ぎ、完全に見えなくなってから、スサナは地面にくずおれた。死よりも怖い恐怖の臭いを嗅《か》いだと思った。こんなことは今までなかった。遺骨を引き取りに来るスタッフは、今の男ではなかった。いつもの男はどうしたのだろう。そう考えたとき、センターで起きた事故の話を思い出した。

スサナは耳の下に指を当て、マイクロチップの形をなぞった。エメが死んで組織は変わった。こんなふうに契約の証《あかし》を求める組織ではなかったのだ、エメの時は。

マイクロチップは、ここへ送り込まれるときに挿入された時限装置だ。いつ作動するかはミシェルの胸三寸にかかっていると聞かされた。承諾するか、今死ぬか選べと。

バイオハザード棟で事故があり、毒物学者一人と脳科学者二人、スタッフ一人が死んだと聞いた。そうか。いつもの男は死んだのか。

指先にコリコリとチップが当たる。その場所だけは冷たくて、肉体に異物が入っているのがわかる。ヘリはあのまま屋上で、遺骨が行くのを待っている。いつもより長く留《とど》まっているようだ。

「なぜ……?」

空を仰いでも答えは出ない。ようやく安住の地を見つけたと、思っていた。研究者としてここで死に、穏やかに献体となるはずだった。

ボディファームの住人たちは微動だにせずそこにいる。動くのは水や梢《こずえ》や光だけで、抵抗せずに腐っていく。

「どうして」

とスサナはもう一度言った。またもあの恐怖が繰り返されると直感したからだ。死は救いだと思うほど、暴力に怯《おび》えるあの感じ。思い出すと今も失禁しそうになる。

彼女は口に手をやって、指先が激しく震えていることに気が付いた。監視カメラから震えを隠そうとポケットに手を入れ、ハンカチを握った。柔らかな布を握っていると、自分がまだこの世に存在していると実感できる。

自分はどうしたいのか。どうすることができるのか。生きる顔をして死んだ人が頭の中をぐるぐる回る。耐えがたい恐怖に怯えた日々と、恐怖そのものが襲って来る。腐敗臭に潜むのはいつだって消せない過去だ。それに怯えて生きて来た。生きるために怯えていたのかもしれない。何が怖い？　何を恐れる？　スサナは自分に問いかけた。私は何が欲しいのか。

屈託なく微笑むタモツの顔が頭に浮かんだ。カウンセリングを受けるたび、優しく微笑んでくれる青年の顔。丸メガネの奥の澄んだ瞳《ひとみ》と真摯《しんし》な姿勢。彼は話を聞いてくれ、そして密《ひそ》かに泣いてもくれた。カウンセラーとしては失格なのだと言いながら、赤くなった鼻の頭を隠そうとして、時折背中を向けもした。そういうときにスサナはぎらつく太陽ではなくて、お日様に照らされたように思うのだ。自分がもしも死んだ時、彼だけは泣いてくれると悟り、だからこの場所で朽ち果てたいと思った。

ボディファームで、タモツと一緒に。

死んだ四人はボディファームへ来なかった。同じ死に方をしたならば、自分もここへ来ることはない。解剖されて、凍結されて、腐ることもできずに保存される。そんな不自然なことがあるだろうか。脳が溶けることもない。肉体が失われることもない。そうなったら、私のこの肉体は、何から解放されるというのか。

スサナはぎゅっと目を瞑り、やおら地面に跪《ひざまず》くと、男が吐き出した遺骨の欠片《かけら》を拾ってハンカチに包み、立ち上がった。

顔半分を水に浸《つ》け、リョーゾウが微笑みかけている。もはやその微笑みなど無視したままに、スサナはボディファームを出て行った。

第二章　焼き肉店の密談

所轄へ戻ったガンさんをつかまえて、比奈子は死神女史の許《もと》へ行かせて欲しいと頼んだ。するとガンさんは自分も一緒に行くと答えた。裏の住宅地で亡くなっていた老人は死後数時間しか経過していなかったので、シャワー室へ寄らずにすぐ出るぞと言う。比奈子はガンさんを追って炎帝《えんてい》が猛威を振るう屋外に飛び出した。

今年の八王子《はちおうじ》は凄《すさ》まじい暑さで、すでに夕方になったというのに、駐車場のアスファルトから陽炎《かげろう》が立ち上っている。老人の死因は熱中症で、草取りの最中に意識を失い、そのまま亡くなったものらしい。季節の猛威はいつだって弱者を先に狩る。今頃老人のご家族は、悲しみに暮れていることだろう。

ガンさんが先に運転席に乗ったので、比奈子は助手席から訊《き》いてみた。

「お疲れじゃないですか？」

「ばか。年寄り扱いするな」

ガンさんは答えてエンジンを掛けた。まるで女史からすでに呼ばれていたかのような素早さだった。

遠い昔に二人は結婚していたという。そのせいなのか、今までは比奈子を介して連絡を取り合っていたのに、スヴェートを追うようになってからは、直接会話が増えてきた。最大の脅威に晒《さら》されたとき、元夫婦の絆《きずな》は強まるものか。経験の浅い比奈子には、成熟した男女の心の機微がわからない。

八王子西署は大きな通りに面している。敷地が狭いので建物は敷地境界線のギリギリに建っていて、エントランスには来訪者の駐車スペースがあるのみだ。署員の駐車場はコの字型をした建物の中央にあり、出入りには細い脇道を使っている。関係者以外の出入りを制限するため駐車場はフェンスで覆われていて、門扉の開閉を管理する署員が立ち番として警邏《けいら》に当たる。

ガンさんが車を出すと門扉が開き、警邏担当者が敬礼した。助手席から礼を返しながら、比奈子はバックミラーに遠ざかる立ち番の警察官の姿を見ていた。

「原島《はらしま》さんを思い出すな」

チラリとミラーに目をやって、ガンさんはそう言った。

まさしく比奈子も、彼を思い出していたのであった。

「最近は署へも手紙が来ないけど、元気でいてくれるといいですね」

原島は八王子西署近くの駐在所に勤務していた巡査部長だった。歪《ゆが》んだ正義感から自殺幇助《ほうじょ》などに手を染めて、服役中だ。御子柴や東海林の教育係をしたベテラン警察官であり、新米刑事だった頃の比奈子を温かく応援してくれた人物でもある。

「ムショの生活は規則正しいからな、生活習慣病が改善されるって話もあるぞ。原島さんは胆が太いし、大丈夫だよ」

そういうガンさんが彼をフォローし続けていることを、比奈子らはみな知っている。ガンさんは原島だけでなく、逮捕した受刑者やその家族のことをいつも気に掛けている。刑事は逮捕するのが仕事だが、ガンさんを見ていると、刑事のあり方というものを考えさせられる。

署から続く大通りには、街路樹に桑が植えられている。比奈子の故郷信州《しんしゅう》も製糸と関わりが深いけれど、かつて八王子が絹の町と呼ばれたことは知らなかった。信州の養蚕農家で見る桑はせいぜい人の背丈ぐらいだったので、見上げるほどの大木に育った桑を見たときは驚いた。真夏の太陽に照らされて、桑は幾重にも葉を茂らせる。

「行ったり来たりなんですよ」

所々に残る桑の実を眺めて比奈子は言った。美味《おい》しいと聞くけれど、味は知らない。

「犯罪の線引きがです。もちろん法を遵守するべきであるのはわかっています。でも、死んだと思った人が生きていたり、生きているはずの人が死んでいたりすると」

「紛らわしいな」

「紛らわしいです。紛らわしい上に、私たちが守っているものって本当に見えているままなんだろうかと考えてしまうんです。事件があまりに複雑で……繰り返し考えるのは、原島さんや、野比《のび》先生のことです」

比奈子には慕い続ける男性がいる。原島と同じく肥大した正義感を暴走させて、間接的に殺人を犯した中島保《なかじまたもつ》だ。風貌《ふうぼう》がドラえもんののび太に似ていることから、比奈子は彼を野比先生と呼んでいる。

「野比先生みたいに優しい人でも犯罪を犯す。善意で始めたことが一線を踏み越える。止《とど》まる人と、そうでない人、その差はいったい何なのでしょう」

「差なんかないと思うのか？」

前を見たままガンさんは訊く。

「たまたまそこに凶器があった。たまたま止めてくれる人がいた。そんな程度の差かもしれん。だが、それは、大きな差だ」

「なにがだ？」

ガンさんは助手席の比奈子をチラリと見やった。

「藤堂。お前には止めてくれる誰かがいるか？」

訊かれると、たくさんの人が頭に浮かんだ。原島や、野比先生や、死んだ母や、郷里の家族や、そして猟奇犯罪捜査班の仲間たち。刑事になって知り合った愛すべき民間人、無差別殺人の被害者になった友人の顔も。

「います。たくさん」

「そういうのを財産というんだよ」

そう言ってガンさんは微笑んだ。

桑の木ロードを通り過ぎ、二人の車はインターへ向かう。都内に比べて高い建物がない八王子の空は、痛いほどの日射しの向こうに真っ白な入道雲がのびのびと湧きあがっていくのが見える。比奈子は捜査手帳を出すと、三木や清水と調べた影人間の正体についてガンさんに報告した。国際指名手配されていた脳科学者のアシル・クロード、助手のジャン・ウンビ・オーランシュ、毒物学者の松平幸司。死んだ四名のうち、身元が判明したのはこの三名だ。

「スタッフについては未確認で、今のところ何の情報もないんです」

「電話で東海林に訊いてみろ」

ガンさんは答えた。

「だてに赤バッジを着けてるわけじゃねえ。向こうも調べがついた頃だろう」

警視庁捜査一課の東海林恭久《やすひさ》は、この春まで八王子西署の厚田班にいた。所轄の厚田班が猟奇犯罪事件のエキスパートとして名を馳《は》せるなか、東海林は本庁と所轄のパイプ役として、捜査一課へ異動して行ったのだ。異動当初は三日にあげず所轄に顔を出していたが、スヴェートがらみの事件が頻発するようになった最近は、さすがに顔を見ていない。比奈子は東海林に電話を掛けて、呼び出し音を聞いていた。

東海林先輩は、今も大好きなものもクロを着メロに使っているのかな。

ぼんやりとそんなことを考えていると、

「藤堂か？　俺だ」

いきなり東海林の声がした。

「お疲れ様です。今、いいですか？」

そういえば、このところ東海林とは電話で話したことすらなかった。久々に聞く声は、八王子西署にいたときよりもずいぶん精悍《せいかん》になっている。

「今？　あー……そうだな……」

東海林はちょっと迷ってから、

「クソ中だけど、そっちがよければ」

と、付け足した。比奈子は思わずスマホを遠ざけた。

「取り込み中なら掛け直します」

「うわはは。バーカ、冗談だよ。なに？」

精悍になっただなんて、思った自分がバカだった。

比奈子はスピーカーフォンのスイッチを押した。

「冗談言ってる場合と違うんですよ。訊《き》きたいことがあって電話したのに」

「わりいわりい、だから何？」

「センターで起きた殺人事件のことです。被害者の身元は判明したようですか？　こちらは今、ガンさんと死神女史のところへ向かってるんですけど」

「ちょ、ま、場所を変わるわ」

わずかの間ももクロが流れ、バタンとドアの音がして、東海林の声が再び聞こえた。

「やっぱトイレへ来た。ここなら誰も聞いてないしな」

比奈子とガンさんは視線を交わした。ルシフェルはどこに潜んでいるかわからない。警視庁本部でさえ、安全とは言えないかもしれないのだ。

「死亡者の名前はアシル・クロード、ジャン・ウンビ・オーランシュ、松平幸司、あとは樋口宗平《ひぐちそうへい》」

やはり未確認の名前が浮かんだ。

「何者ですか？　その樋口宗平という人物は」

「ん？　訊きたいのはそいつのことだけ？」

「他の三名はこちらでも調べがついたんです。でも、スタッフに化けていた人物は、私も会ったわけじゃないので」

「そっか、じゃ、アシル・クロード以外の三名がすでに死亡していることになってたってのも」

「わかっています」

さすがやるねえ、と、東海林は呟《つぶや》く。

「樋口宗平も死亡したことになっていましたか？」

「なんで？　どいつもこいつも死んだことにしていたら、面倒臭くね？」

「でも、それが組織のやり口とか、あとは、自分が死んだことにして家族や友人を守るとか……清水先輩の意見ですけど」

「守るって、組織からか？　あー……それはあり得るかもな。一度入ったら抜けられねえって、反社会勢力の比じゃねえな。で、えっとな……樋口宗平は存命中の会社員で、センターのエンジニアスタッフだ」

「エンジニアスタッフですか？」

「インフィニティ・ポシビリティズって会社の技術スタッフな。インフィニティ・ポシビリティズはセンターに技術提供している会社で、ちょっと調べたら、カプセル式の胃カメラとか、マイクロスコープとかを開発してる先進メーカーだった」

「じゃ、樋口宗平は実在の人物で、本人だったと言うことですね」

「そそ。家族はハワイに住んでいて、会社に本人の名簿もあって、戸籍も問題なし」

「家族がハワイ？　何かあるから逃がしたんでしょうか」

と、比奈子はガンさんに訊いた。

「その男の死因はどうだ」

運転席からガンさんが話すと東海林が答えた。

「それなんすけど。やっぱ、他の三人同様に、毒物死だったらしいっす。方法も同じで、首のカプセルが破裂したためだとか……あれ、どうするんっすかね。彼については勤務中の事故ってことで会社に連絡したようっすけど。遺体だって家族に引き渡さないとマズいでしょ、あのセンターって、一切持ち出し禁止だったんじゃ？」

「遺体は持ち出せると思うがな。検死で臓器を取り出した空洞に、何も入っていないと確認できれば」

「げ」

東海林は呻《うめ》いた。おそらく胸部はひらいたまま、頭蓋骨《とうがいこつ》もあけたまま、内部を目視した後に、ようやく遺体は外へ出るのだ。センターならば、そうなるだろう。遺族と対面する前に、傷口を処置してくれる人はいるのだろうか。けたたましい蝉の声を聞きながら、比奈子はそんなことが心配になる。

「他にはどうだ」

ガンさんがさらに訊くと、東海林はまた、「あー……」と唸《うな》った。

「つか、俺もそっちへ行きますよ。こっから近いし。んじゃ」

「電話が切れました」比奈子が言うと、

「相変わらずだな」と、ガンさんは笑った。


東大の駐車場で警備員に車を誘導してもらっていると、ラジオが夕方のニュースを流していた。家族から捜索願が出ていた男性の車が小河内《おごうち》ダムで発見されたというものだった。六時を過ぎてもあたりは明るく、暑さも、蝉の声も衰えを知らない。

「小河内ダムは青梅《おうめ》警察署の管轄でしたね」

深い意味もなくそう言って、比奈子はシートベルトを外した。

どこでどんな事件が起きても大変だけれど、正体不明の謎の組織が、様々な場所でさらりと大量殺人を犯すような事件に遭遇した今は、比奈子自身が戸惑うばかりだ。それに比べればダム湖に沈んだ車など、さほどの困難もなく背景が特定できるだろう。かといって、捜査員らは湖に潜って周囲を捜索するのだが。

依然として熱気を振りまく太陽に目をやりながら車を降りた。

大学は夏休みに入っている。それでもキャンパスに人は多くて、生ぬるい風を浴びながら銀杏《いちょう》並木の下を散歩するお婆ちゃんや、乳母車を押して歩くお母さんや、白衣の院生らの姿が見える。誰も彼もが汗だくで、額に髪が貼り付いている。古いレンガの建物の奥では今日も工事が行われていて、それがこの大学の変わらぬ風景でもあった。

比奈子らはレンガの建物に入り、死神女史のラボを目指した。

「スサナは犯罪者じゃなかったよ」

狭くて暗い部屋に入ると、死神女史は開口一番そう言った。

やはりガンさんは女史に電話で呼ばれていたらしい。死神女史はメガネを外してデスクに載せると、指先で何度も眉間《みけん》を揉《も》んだ。ノートパソコンのメールソフトがスクリーンセーバーに切り替わる。

「え。そりゃまたいったいどういうことで」

挨拶《あいさつ》も前振りもすっ飛ばして、ガンさんが尋ねる。

最近は灰皿が山になってもいないし、チョコレートの銀紙が散らかってもいないので、部屋に来るなり片付けを始めるガンさんのローテーションが狂っている。

女史の好物明治のミルクチョコレートは、二、三枚がパソコンの脇に慎ましく置かれているだけで、以前は喫煙量が多すぎると文句ばかり言っていたガンさんは、心配そうな顔をしている。

「田中管理官に頼んでスサナの犯罪履歴を調べてもらったんだけど、ヒットしてこなかったんだよね。ならば誰かになりすました影人間かと疑ったけど、スサナが来るまでセンターには晩期死体現象の専門家がいなかったんだから、影人間にはなり得ない。それならどこの研究者かとリストを端から探してさ。名前で検索、顔で検索……苦労したけど、ようやくわかった」

女史はメガネを掛け直し、パソコンのスリープを解除した。キーを叩《たた》いて画像を呼び出すと、若い女性の写真がモニターに浮かんだ。ボサボサの黒髪で、ダサいメガネを掛けている。

「晩期死体現象の研究者を調べてもヒットしなかったのは、彼女がホノルルのメディカル・エグザミナー制度を受けて検死官になった人物だったから。ハワイの検死制度は日本と違って、警察組織から独立したプロの機関だ。日本国内にボディファームの設立計画が持ち上がったとき、公益財団法人・陽《ひ》の光《ひかり》科学技術研究振興財団がスサナをチョイス、派遣したというわけさ。病理学者で、ハワイ生まれの日系三世。彼女のファームで集積されたデータは、センターを通じて全米科学アカデミーへも発信されているらしい。この写真は十年くらい前、ホノルルの監察医事務所で検死官をしていた頃のものなんだけど」

比奈子はモニターをじっと見た。今のスサナは快活でゴージャスな美人だが、語弊を恐れずに言うならば、写真の彼女は極めて暗い女に見える。今は腰までの長い黒髪をしているが、写真のスサナは乱雑に毟《むし》ったような髪型で、しかもまったく似合っていない。光を持たない暗い瞳《ひとみ》と引き結んだ唇は、何かに耐えているようだ。

「じゃあ、れっきとした研究者だったんですね」

「経歴上はそういうことだね。生まれや育ちを偽っていなければ」

「そこだよなあ」

ガンさんは捜査手帳を開いて、訝《いぶか》しげな顔をした。

「こっちの調べで公益財団法人・陽の光科学技術研究振興財団には実体がないことがわかっています。ゲノムとか胚《はい》とか、よくわからんものをいじくる研究に金を出していたのがこの財団で、狂信的な研究者をスカウトしてはスヴェートがらみの研究をさせていたようで」

「スサナも怪しいってことになるんでしょうか」

「残念ながらね」

女史は煙草を出して咥《くわ》えると、ライターを探してポケットに手をやった。灰皿の脇に放置されていた百円ライターでガンさんが火を点《つ》けてやると、礼も言わずに煙を吸い込み、俯《うつむ》いてから煙を吐いた。

「スサナもルシフェルなのかもねえ。そうでなきゃ首にマイクロチップが埋まっている理由が考えつかない」

「奴らはその……イチモツに入れ墨、首にはチップってのが目印なんですかね」

「それは違うと思います」

比奈子はガンさんに反論した。

「刃物で殺害されたルシフェルもいますから。もしも全員がチップを埋め込んでいるのなら、刃物なんか使わなくても、遠隔操作で毒殺できたはずですし」

「ちげえねえ」

「でも、今後はそうなっていくのかも。全員の首にチップを埋めれば、意志に背いた場合はどこに逃げようと粛清できるってことだからね」

まるで人間に商品管理のタグをつけるような言い方だ。

「くそったれめ。何様のつもりでいやがる」

ガンさんは吐き捨てて、自分の頭をペロリと撫《な》でた。

「そんならあれは、センターに潜入していたルシフェルに限り、チップを使われたってぇことなんですかね」

「あたしはそう思っているよ。センターに入られちゃうと、監視できないからじゃないかと」

それにしてもマイクロチップはセンターが犯罪者のために開発した特殊なものではないのだろうか。比奈子は深く考えて、そして、

「先生。インフィニティ・ポシビリティズって会社をご存じですか？」

と訊《き》いてみた。死神女史は椅子を回して振り向くと、足を組み、二本指に煙草を挟んで鼻から白い煙を吐いた。

「インフィニティ・ポシビリティズ？」

「マイクロ医療機器のメーカーらしいんですけれど」

「そのメーカーがどうしたんだい」

「影人間と一緒に死んだスタッフがそこの技術者だったと東海林先輩が。センターの正式な登録スタッフだったらしいです」

「インフィニティ・ポシビリティズ」

死神女史は吸いかけの煙草を揉み消すと、足下に置いている鞄《かばん》を開けてセンター専用パソコンを出し、起動させて文字データを呼び出した。

「インフィニティ・ポシビリティズは、センターに技術協力しているね」

「やっぱり……『調べたら、カプセル式の胃カメラとか、マイクロスコープとかを開発してる先進メーカーだった』と、東海林先輩が」

「なるほどね」

死神女史は呟《つぶや》いた。低くて底冷えのする声だった。

「犯罪者用のマイクロチップはそこの提供品だったのかもね」

「インフニテエなんちゃらって会社がですかい？」

「そう。センターでは特殊な研究をしているけれど、機器はあそこで開発しているものだけじゃなく、それなりに多くの企業が技術提供しているんだよ。そのへんは、大学の機関と同じじってことだね」

「ってえことは、なんですか？　そのメーカーの技術者がスヴェートに技術の横流しをしていたってことですか」

ガンさんは「こんちくしょうめ」と吐き捨てた。

コンコン。と、ノックの音がする。死神女史のラボにいてすらも、こんなタイミングで音を聞くとギョッとする。三人は一瞬息を潜め、比奈子がドアまで移動した。

「はい」

応《こた》えるといきなりドアが開き、長身でガタイのいい男が入って来た。

「ども、お久しぶりっす」

本庁捜査一課の東海林である。

「よっ、藤堂。ガンさんも」

にへらっと笑いながら、東海林は「先生、どうも」と会釈する。

椅子に掛けたまま、死神女史は腕組みをした。

「脅かすんじゃないよ、木偶《でく》の坊。心臓に悪いったら」

「え。俺すか？　つか、脅かした？」

東海林が比奈子を見下ろしたので、とりあえず比奈子は首をすくめた。

「ちょうど今、インフィニティ・ポシビリティズの話をしていたところです。石上先生は、そこがマイクロチップの開発元じゃないかって」

「つか、さすがっすねー」

東海林はズカズカ入って来て、女史のミルクチョコレートを勝手に取った。紙のパッケージを剝《む》いたとたん、銀紙の中でチョコレートがくたりと曲がる。

「げ。溶けちゃってますよ。冷蔵庫に入れとかないと」

「冷蔵庫は満杯だ。血や組織と一緒に冷やしたチョコを木偶の坊は食べるかい？」

「またそんなホラーなことを……」

東海林はクタクタのチョコレートを比奈子に押しつけた。

「私だっていりませんよ。ていうか、溶けてて食べられないじゃないですか」

コピー用紙でチョコを受け、比奈子はそれをテーブルの隅に片付けた。

「調べてみたらインフィニティ・ポシビリティズは、やっぱ厚生労働省に技術提供してました。業務内容は多岐にわたるようですが、そのひとつがマイクロチップ型生体観測機器で、公には治験一歩手前ってことになってます。んで、死んだ樋口宗平は技術開発チームのチーフでした。センターへも定期的に通っていて、機器のメンテナンスをしていたようっす」

　そこまで話してから、東海林は、

「警視庁内部もピリピリしてるんすよね。特筆すべきはこの時期に、デスクの配置換えを行ったことっす。この時期にですよ、一斉に」

　と、ガンさんを見た。

「盗聴器やカメラを調べたんだな？」

「多分そうだと思うんす。川本《かわもと》課長も公安の動きが活発になってるって。仲間を疑わなきゃならないなんて胸クソですが、メチャクチャ人数多いっすからね、本庁は」

「だからトイレで電話してたんですね」

「備えあれば憂いなしだろ？　俺たちがスヴェートの存在に気付いたことも、田中管理官と川本課長以外は知らないんだし」

　東海林は頭を掻《か》きながら、

「ガンさん。それで、どうします？」

　と訊いた。厚田班にいた頃と、まったく同じ訊き方だった。

「どうもこうもねえよ」

　ガンさんもまた頭を掻いた。

「俺たちは上の命令で動いてる。センターで起きた殺人事件は本庁の一課が追ってんだろうが」

「や。そこなんすけど、何の動きもないっすよ?」

東海林は頭に手を置いたまま、眉根《まゆね》を寄せて目を細めた。

「捜査本部も立ってませんし。武蔵野署にも、本庁にも」

「え? だって、じゃあ、影人間のことは? 私たち……私と石上先生は、本庁に呼ばれて聴取されましたよ? 川本課長と田中管理官から」

「だよな?」と東海林は比奈子を指す。

「でも、『事件』にはなってないんだよこれが。気になったんでデータベースにアクセスしたら、研究者三名の死亡は事故扱い、なりすましの件は華麗にスルーで、樋口宗平も勤務中の事故で処理されてんだよマジで。ただ、遺体の司法解剖はやってんすよね。センター内部で」

「解せねえな。少なくともアシルなんとかって外国人は、国際指名手配されてたんだろうが」

「そうなんすよね。表向き事故で処理しておいて、公安が秘密裏に動いてるってことなんすかね。ていうか、このまま放っておいていいんすか? あんなヤバい連中を」

立ったままの三人を椅子に座って見上げつつ、死神女史は考えていた。

検死官も刑事も手元情報しか知る術《すべ》がなく、事件を俯瞰《ふかん》できるのはすべてを管理している上層部だけということになる。厚田班が持つ情報は事件の一部に過ぎないし、正式に捜査命令が下りているわけでもない。警察組織を冠してスヴェートとその犯罪に立ち向かおうとするならば、猟奇犯罪捜査班はあまりに無力だ。

「整理してみようじゃないか」

死神女史は静かに言った。

「それでどうするのがいいか、考えよう」

夕暮れの赤い陽がブラインドの隙間から差し込んでいた。光は白髪交じりのボブカットを逆光に染めて、女史の表情を影にした。死神女史は比奈子らに背を向けて、センター専用パソコンをパタンと閉じた。カバンに入れてファスナーを閉め、立ち上がる。振り向いたとき、彼女は薄く笑っていた。

「じゃ、行こうか」

「どこへです？」

ガンさんが訊《き》くと、

「焼き肉食べに」

当然のように答えた。それで比奈子ら四名は、大学近くにある信州アルプス牛の店へ移動した。

死神女史こと東大法医学部の検死官石上妙子は、検死の後でも平気で焼き肉を食べに行く。初めて焼き肉に誘われた時は、なんて無神経な人だろうと思ったものだが、付き合いも長くなるとそれにも慣れて、今では捜査に活を入れるための重要な儀式と捉《とら》えている。ワイワイとうるさい店でビールを飲みながら焼き肉を食べている客たちが、恐ろしい秘密結社の話をしているなどと誰も思わないことだろう。席に着くなり女史はタン塩とカルビを注文し、大ジョッキのビールでガンさんのウーロン茶と乾杯した。まだ勤務中なのに東海林もビール、もちろん比奈子もお相伴して、中ジョッキを重ねる。東海林は食べる気満々で背広を脱ぐと、焼き網に肉を並べ始めた。

「一番は奴らが何を目論《もくろ》んでいるのか、知ることだよね」

焼き網の上で縮んでいくタン塩にレモンを絞って女史が言う。

「なぜ、今、奴らが再び日本へ来たのか。何をしようとしてるのか。それがわからなきゃ動きようがないもんね」

「影人間が潜入していたことからも、目的はセンターではないでしょうか」

小鉢のキムチを銘々のお皿に取り分けながら、小さな声で比奈子も言った。

「だって、あの脳……」

タン塩を裏返しながら東海林が訊く。比奈子は焼き網を見つめて頷《うなず》いた。

「脳？」

「アシル・クロードは佐藤都夜《さとうつや》の脳を培養していたんです」

東海林は奇妙な音をさせて喉《のど》を鳴らした。飲んでいたビールがつっかえたのだ。おしぼりで口を押さえながら、

「うそ、マジか」

と、比奈子に訊いた。比奈子ではなく、死神女史が頷いた。

「マジだよ。マイクロエアが出る水溶液で培養してさ、ホログラムまで作っている」

「ホログラムってのは、たまに耳にしますけど、実際のところ、なんなんです？」

ガンさんが訊くと、東海林が答えた。

「虚像っつうかデータの塊みたいなもんすかね。平たく言えば被写体の情報を干渉縞《じま》で写真に記録しておいて、光源を設定することで立体のように見せるものっすけど、先生が言うのはもっと進んだ意味なんじゃないすか」

「そう」

女史は焼け頃のタン塩をつまむと、大口を開けて放り込んだ。

「ゆっくりよく嚙《か》んで食べないと、あとで痛い目に遭いますよ」

横からガンさんが忠告する。

「うるさいねえ……ほら、警部補も食べなって」

女史はガンさんの皿にもタン塩をのせ、レモンを絞ってあげてから、ゴクンゴクンとビールを飲んだ。

「あのホログラムは殺人鬼佐藤都夜の脳と直結してた。脳そのものは喋《しゃべ》れないから、機械に身体器官の役割をさせているんだろう。電気信号を言葉に変えて」

「てことはなんすか、ホログラムが喋ったってこと？」

「そうです。私の名前を……呼んで……」

比奈子はコクンと頷いた。東海林は「げげっ」と小さく唸《うな》り、ひっくり返そうとしていたカルビから箸《はし》を遠ざけた。

「脳が藤堂を認識したってか？　目玉も耳もない脳が？　そりゃホラーだな。そんで、その脳みそはどうなった？」

「わからないんです」

比奈子が代わりにカルビを返す。

「そう、わからない。だから調べに行かないと。研究者の死が事故で処理されたってことは、実験がまだ続いている可能性もあるからね」

「担当していた二人が死んだのに、研究を続けられるものですかい？」

「スタッフがいるからね。脳がまだ生きている可能性はあると思う」

「それってあれすか？　見たいって言えば、見せてもらえるものなんっすか？」

自分も一緒に行きたいと言わんばかりに、東海林は身を乗り出した。

「それはたぶん無理だろう。たとえ殺人鬼でも、生体から脳を取り出して、それを培養していたなんて、決して公にはできないはずだ」

「ですよねえ。んじゃ、どうするっていうんすか」

「調べる方法は他にもあるさ」

比奈子はその方法に気が付いた。センターのメインコンピュータをハッキングしている金子未来。彼の部屋なら監視映像を確認できる。脳のその後が観られるのだ。

「脳が死んでいればよし。そうでない場合は実験を中止させなきゃならない。スヴェートの目的は、人を殺すことに躊躇《ためら》いのない殺人鬼の脳をコピーして、戦闘に応用することだからね。実験が終了すれば、次は生身の人間で試すはず。例えば死刑囚、例えば捕虜、例えば拉致《らち》した民間人を非合法の軍隊として生まれ変わらせる……殺戮《さつりく》をものともしない殺人兵器のできあがりというわけだ」

「はあー……なるほど……たぶん、俺、わかっちゃいましたよ」

タン塩の上にキムチをのせて巻きながら、東海林は言った。

「だから『スイッチを押す者』を探してんすね、あいつらは」

「え？」

比奈子は思わず箸を置く。東海林は肉を口に入れ、シャクシャクと音をさせてキムチを嚙んだ。悪びれもせず、もったいぶらず、飄々《ひょうひょう》とした口調でその先を続ける。

「だって、彼くらいっすよね？　生きてる人間の脳をいじって、行動をコントロールした実績を持つのは。奴らは技術が欲しいんでしょ。彼なら兵士の脳に佐藤都夜の特質をコピーさせられると思ってんすよ」

激しく動揺した比奈子の視線が、死神女史とガンさんに留まる。ガンさんはタン塩を口に入れたところだったが、嚙むのを忘れて固まっており、死神女史は一瞬動作を止めたあと、大ジョッキのビールをまた飲んだ。そして、

「そう……たぶん……木偶《でく》の坊の言うとおりかも……」

独り言のようにそう言った。

焼き網の上でカルビが縮む。早く取らないと焦げてしまうのに、比奈子はただ肉を

見ていた。東海林の言うとおりかもしれない。スヴェートが中島保を拉致しようとしたわけも、なぜ今、日本に来ているのかも、そう考えるなら辻褄《つじつま》が合う。

ガンさんが言ったとおりに『たまたまそこに凶器があった』のだ。そして、殺人鬼佐藤都夜の脳を凶器にするには、野比先生が必要なのだ。

ゴクンと音を立ててガンさんは、タン塩を丸呑《まるの》みした。女史にはよく嚙んで食べろと言うのに、目を白黒させてウーロン茶で流し込む。ジョッキを置くとガンさんは、

「凶悪犯を自死に追い込んだあの事件を知って、奴らは日本へ来たってか」

誰にともなくそう言った。

「そう。そして彼を探していた。ふぅむ。ならば同じようにニュースで佐藤都夜を知り、その残忍さに目をつけた？」

「んー、そこはどうなんすかね……奴らは元々、エド・ゲインみたいな凶悪犯を探してたとか」

「いえ、そうじゃありません」

比奈子は久しぶりにポケットの中で、母の形見の七味缶を握りしめた。東海林らの推理を聞いているうちに、恐ろしい閃《ひらめ》きに襲われたのだ。

「そうじゃないなら、なんだっつうんだ」

おどけたふうに東海林は訊《き》くが、その目は真剣そのものだ。藪《やぶ》を突《つつ》いておきながら、出てくる蛇を恐れるような表情だ。比奈子もまた己の閃きに慄《おのの》いて、泣きたいような気持ちであった。

「佐藤都夜を探していたのでも、偶然見つけたのでもないんです。たぶん、奴らは見張っていたんです。佐藤都夜のことじゃなく……」

「そうか、そうだよ」

死神女史は目を上げて、

「児玉永久《こだまとわ》」

と拳《こぶし》を叩《たた》いた。雷に打たれたような顔をしている。

「え。つか……えっ？　まさか、え？」

東海林は目をパチクリさせて、女史と比奈子を交互に見た。可哀想なカルビが炭になる前に、ガンさんは焼き台の火を消した。

「奴らにバレてたってことなのか……クロー……」

東海林はいきなり声を潜めて、ビールジョッキで口を覆った。

「ン……が成功して、児玉永久が生まれていたことが……バレていた？」

「あれほど周到な組織です。なぜ、永久君のお母さんだけが安全に生活できていたのか、ずっと不思議だったんです」

「言われてみれば。奴らはクローンの母胎となった少女を殺し、木更津の牧場跡地に埋めていた。嬰児《えいじ》の遺体もいくつか出てきた。同じDNAを持つ嬰児だ」

「成長できない胎児は母親ごと処分していたんだよ……なるほどね」

「んじゃ、なにか？　奴らは少年のことを知っていて、ずっと見張っていたってか？　十年以上……いや……使える臓器の大きさに育つまで？」

「守っていたとも言えるねえ。健康に生かしておく限り、パーツを新鮮に保存できるわけだしね」

　比奈子は缶を握り続けた。自分が都夜や永久と対峙《たいじ》していたあの時、スヴェートの工作員が近くにいて、息を潜めて見張っていたというのだろうか。

　地下室の闇と、光る永久の眼。胸の悪くなるような都夜の声。あの時永久に刺された傷がジクジク痛む。比奈子は何度も思ってきたのだ。天使のような顔で冷酷な言葉を吐く児玉永久は何者だろうと。

　現在スヴェートを牛耳るミシェルは、永遠の命を手に入れるため、組織の技術で自分のクローンを作ろうとした。そのことで組織を追われると、エメや幹部を殺害してリーダーの座に就いた。ここまでが、比奈子らが得た情報だ。

木更津の牧場跡地からは、幹部だけでなく人体実験の犠牲と思《おぼ》しき無数の遺体が見つかった。そして遺骨のいくつかが同じDNAを持っていた。永久と同じクローンの、成長できなかった嬰児の遺骨だ。

「あの子のことを知られたら大変だと、あたしはそう思っていたよ」

「私もです」

「でも、奴らは最初から知っていたってことだよね。母親があの子を産んだときから、ずっと見張っていたとするならば」

「つか、よく考えてみれば、そのほうがずっと自然っすよね。あんだけのことをやる連中が、児玉眞理子《まりこ》の妊娠をチェックしないはずはない。クソ……そうだったのか」

「東海林先輩の言うとおりです。見張っていたからこそ、死ぬ前に都夜を運び出すことができたんですね。でも」

比奈子は不思議そうに首を傾げた。

「どうしてその時に、永久君を拉致しなかったんでしょうか？」

「藤堂がガキんちょをガッチリ拘束していたからじゃね？　それか、いったん警察に保護させて、ぬるい矯正施設に送られるのを待っていたとも考えられる。あの子はまだ小さいし、いずれ拉致するにしてもだよ、施設のほうが事件を有耶無耶《うやむや》にできるだろ？　保護者のいないガキなんか、失踪《しっそう》しても騒ぐ連中がいないんだしさ」

「ところがそうはならなかったってことだよね」

死神女史はメガネを直した。

「思惑は外れ、永久君はセンターに収容されてしまった。万全のセキュリティを誇る国の施設に」

「待てよ？　待て待て」

ガンさんはテーブルの下で捜査手帳を開いた。

「なりすましの影人間は、センターに来て一年になると言ったんだよな？」

「はい。言いました」

「じゃ、そのせいじゃねえのかよ？　あそこに影人間が送り込まれた理由ってのは」

比奈子も頭を回転させた。

「永久君が連続殺人を起こしたのは二年前、センターに収容されたのはその秋です。佐藤都夜の脳が運び込まれたのは……？」

「たぶん一年前か、その直後だね。瀕死《ひんし》の殺人鬼を上手《うま》く運び出せたとして、溶液で脳を培養できるまでにするには、相応の時間がかかったろうから。人間の脳は繊細で、最初に壊れる臓器だし」

「てことは、なんです？　脳を取り出すために、しばらくの間は生かされていたってことですかい」

「もちろんだよ」

「植物状態の彼女から脳を取り出したんですか？」

顔をしかめて比奈子が訊くと、なぜか女史は薄く笑った。

「あのね。色々な意見はあるだろうけど、人の死ってのは脳死なんだよ。体温があって生きているように見えたとしても、脳死ならその人は死んでいる。病理解剖をすればわかるけど、脳死になると、臓器はまともでも、脳はドロドロに溶けていくから」

ガンさんはそっと箸《はし》を置く。

なんて恐ろしいことだろう。野比先生がかつて望んだように、殺人を犯し続けた佐藤都夜は己の因果を身に受けて、生きながら脳みそだけにされたのだ。若い女の皮を剝《は》ぎ、ボディスーツを作ろうとした女。彼女を火だるまにしたとき、永久は言った。

――……あの人、新しい皮を縫い上げて、それを着るって言っていたでしょ。それなら、今の皮膚はいらないよね。ぼくは悪いことをしていない――

不遜《ふそん》にも、人革のボディスーツを着た脳のビジョンが頭をかすめた。

「なんてこと……なんてことかしら」

「奴らは生きた彼女から脳を抜き取った。酸素と栄養を送りつつ、徐々に機能を移動した。因果だねえ。そういう意味で言うのなら、逆に彼女はまだ死んでない。おそらくアシル・クロードたちは脳みそと一緒にセンターへ入った。大がかりな装置だし、大変な苦労だったと思うけど」

ゴクンと生唾《なまつば》を飲み込んでから、東海林が続ける。

「まとめると、影人間は永久少年を監視するためセンターへ来ていたと」

色々な意味でゾッとした。

「そう考えれば辻褄《つじつま》が合う。そして研究を進めていたのさ。木を隠すなら森の中っていうけれど、図々《ずうずう》しくも大手を振ってあの場所で……まったく」

「つか、それって、ものすっごくヤバいんじゃないすか？　脳みそ、ガキんちょ、スイッチを押す者、全部があそこに揃ってるって、もしも奴らにバレちゃったなら」

「え」

比奈子は目を上げて東海林を見つめた。

「え、じゃなくって、そうなんだろ？　足りないカードはあと一枚、『スイッチを押す者』だけだ。図らずも、それがあそこに揃っているとバレたらさ」

スイッチを押す者、つまり中島保がセンターに軟禁されていることは、比奈子と女史、田中管理官とガンさんだけの秘密である。殺人者中島保が犯罪心理プロファイラーとして猟奇犯罪捜査班に協力していることは、他のメンバーには伝えられていないのだ。

「つか、ホントはあそこにいるんだろ？」

　東海林は口だけ動かして、「ナカジマタモツ」と、比奈子に言った。

　比奈子は大いにうろたえて、助けを求めるように二人を見たが、女史もガンさんも助け船を出してくれない。東海林はなぜそれを知ったのだろう。もしや本庁のデータベースには、トップシークレットだったはずの事実が登録されているのだろうか。

「東海林先輩……どうして、そんな……」

「つか、こないだおまえが言ってたろうがよ。プロファイラーのことを野比先生って。公安の潜入捜査官がスヴェートに心臓刳《く》り貫《ぬ》かれた事件のときに」

　比奈子は一気に血の気が引いた。自分がそんな失言をしたなんて信じられないし、それに、まったく身に覚えがない。

「んだよ。わかりやすく真っ青になっちゃって」

　東海林は、「呑《の》め呑め」と、比奈子にジョッキを無理矢理持たせた。

「安心しろって。気付いたのはたぶん、俺だけだから」

東海林はガンさんと死神女史に向き直り、
「センターから俺らを支援していたプロファイラーって」ナカジマタモツ
と、口だけ動かし、
「だったんっすね？」
と二人に訊《き》いた。隣で比奈子はジョッキを抱え、お茶を飲むようにビールをすする。
「最初は空耳かと思ったんすよ。んでも、気になって調べてみたんす。事件のあとも
スイッチを押す者は起訴されていない。もちろんニュースにもならなかった。今回の
事件と同様に、被害者の死は自殺として処理された。それは、快楽殺人者の脳をいじ
って殺人衝動が自分に向くよう仕向けたことが証明不能だったからっすよね？　その
代わり、彼は国と自警会が出資する病院に強制入院させられた。ことになっていた。
それが、襲撃されたベジランテボード総合病院だったんっすね」
死神女史はため息を吐いた。
「木偶《でく》の坊の言うとおりだよ。彼の病室は空っぽで、実はセンターにいるってことは
誰も知らない。誰もね、知らないんだよ」
「病院襲撃事件では、いろんなことが謎だったんっすよ。でも、あれって」
「その先は言うな……おまえが正しい」

ガンさんは頷《うなず》いて、ウーロン茶をひとくち飲んだ。

「やっぱりただの木偶の坊じゃなかったんだね。あんたは鋭い。刑事の鑑《かがみ》だ」

褒められてもまったく喜ばず、東海林は鋭い視線を比奈子に向けた。

「お嬢ちゃんを責めるんじゃないよ？　口止めしたのはあたしなんだから」

「どうして藤堂だったんっすか」

「そりゃ、彼はただのカウンセラーってことになっているから、警察関係者がセンター内部をウロウロするのはよくないだろ？　お嬢ちゃんは見かけがこんなでポヤポヤしてるし、あたしの助手とするには最適だしね……何より彼女のずば抜けた記憶力がなかったら、猟奇犯罪のプロファイリングは不可能だった。ただのカウンセラーのところへ犯罪データや死体検案書を持ち込むわけにもいかないからね。わかるだろ」

「本当に、それだけなんすか？」

訊かれて比奈子はドキリとしたが、

「それだけだよ」

女史は言下に東海林をいなした。

「このことは、誰と誰が知ってるんすか」

「この三人。あとはトップと、田中管理官だけだ」

「他には誰も？」

「誰も知らない」

東海林はおしぼりで顔を拭《ふ》き、ジョッキのビールを空にした。

「まじヤバいじゃないっすか……早いとこ彼を連れ出さないと」

空のジョッキをどん！　と置き、深刻な顔で東海林は呟《つぶや》く。死神女史は手を挙げてビール二杯を追加で頼み、東海林に向いて小さく言った。

「それはできない」

「どうしてですか？」

「影人間四人を殺したマイクロチップと同じ物がね、彼の首にも入っているから」

比奈子はぎゅっと目を瞑《つむ》る。その件に触れられるたび、保が殺人者だったことを思い知る。生きてセンターを出ることはないという事実を突きつけられるのだ。

「もしもセンターの敷地を出れば、チップは自動的に破裂する。だから奴らの企《たくら》みは成功しない。彼の頭脳が、生きてあそこを出るのは不可能だ」

その瞬間、比奈子の脳裏に恐ろしいビジョンが浮かんだ。比奈子は泣きそうな顔で女史とガンさんを交互に見た。

「妙なことを考えました……まさか野比先生も……都夜のようにされてしまうなんて

ことは……」

ガンさんは口をアングリと開けた。

「脳だけにして連れ出すってか？　バカなことを」

「いや」

と、女史が言葉を遮る。

「あたしたちの常識なんか、もう何ひとつ通用しない。脳は無限の可能性を持つメモリだ。そして奴らのリーダーは、自分にはいくらでも時間があると思ってる。先《ま》ずはあの子を代替に、やがては同じような子供を創って、永遠に生きるつもりなんだから……脳だけの天才、脳だけの殺人鬼、芸術家、そういうのを集めてさ、自分の頭脳のように使って技術や思考を各所に売る。もしくは改良した『人』そのものを戦地へ送る。パーツにバラして切り売りする。人間を人間と思わなければ、それは世界規模のビジネスになる。文字通り、終末を迎えたあとは奴らが神だ」

「バカ言っちゃいけません。それが『新しい世界』ですか。奴らが考……」

ジョッキのビールが運ばれて来て、ガンさんは話すのをやめた。これ見よがしに乾杯してから、女史と東海林はもの凄《すご》い勢いでビールを飲んだ。誰もその先を言おうとしない。もしも誰かが会話を聞いていても、荒唐無稽《むけい》でバカバカしいSFの話をしていると思うことだろう。けれど、そうではないのだった。

スヴェートは本気で企んでいる。手始めに人の脳を操作して殺人マシーンに変え、自らの死を恐れることなく殺戮《さつりく》を繰り返す怪物を使い捨てるつもりでいる。殺人衝動を抱える人物を根治したいと願って野比先生が培ってきた技術を悪魔の技に利用して、野比先生の被験者第一号である永久君をミシェルの代替部品に使おうとしている。そんなことが許されるだろうか。

「たとえ神様が許しても、私は絶対に許さない」

脈絡もなく比奈子は言って、久しぶりにポケットから、八幡屋《やわたや》礒五郎《いそごろう》の七味唐から
し缶を取り出した。

「おっ」

と、隣で東海林が笑う。

生ぬるくなったビールに七味を振り入れ、それを一気に飲み干すと、東海林も比奈子の七味を取って、自分のビールに振り込んだ。死神女史が、ガンさんが、同じように飲み物に振り入れて、「かーっ」と言いつつ飲み干していく。

比奈子は思わず笑ってしまった。

自分たちは何者か、刑事だ。と比奈子は思い、そして、刑事の前に人間なのだと思

い直した。ガンさんも、東海林も、死神女史も、人間らしい人間だ。もしも刑事でいられなくなる日が来るとしても、人間であるのはやめずにいよう。人間は、人間の命を弄《もてあそ》んではならない。

——進め！　比奈ちゃん——

頭の上から、亡き母の声が聞こえた気がした。

焼き肉屋の会計は、珍しくも女史が払ってくれた。

「ごちそうさまです。ゲリラ豪雨でも来るんじゃないですか」

そう言うガンさんを無視して、女史は火のない煙草を咥《くわ》える。歩き煙草は厳禁だから、女史は吸ったつもりになって、すぐに煙草をポケットに入れた。

桜田門《さくらだもん》へ帰る東海林が比奈子を見下ろし、

「なんかあったら俺に言えよ？」

と、柄にもなくどや顔を見せたので、比奈子は初めて東海林の気持ちに想いが至った。いつも、いつも、一番近くにいた先輩だ。飄々《ひょうひょう》として捉《とら》え所がなく、おちゃらけてばかりの東海林だが、厚田班がどんな事件にも立ち向かってこられたのは、彼の明るさのおかげでもある。

「はい」

答えながら、比奈子はちょっと泣きそうになった。本当は怖かったのだ。予測不能な敵に立ち向かおうと決めたとたんに、無限の闇へ放り込まれてしまった感覚。この感覚は前にも経験したことがある。駆け出し刑事だった頃に初めて立ち向かった凄惨《せいさん》な事件。惨《むご》たらしい殺戮の痕跡《こんせき》を目の当たりにして人の悪意が怖くなり、心を病んで悪夢にうなされ、慄《おのの》き続けた。

あの時は野比先生に救われた。今、彼は近くにいないけれど、仲間がいる。女史や、ガンさんや、厚田班のみんなや、そして東海林先輩が。

「んじゃ、俺はこれで」

東海林が軽く頭を下げると、

「酒の臭いをさせて本庁へ帰るなよ」

と、ガンさんがたしなめた。

「アルコールが抜けるように歩いて行くから大丈夫っす。カプサイシンもとったしね、汗で出ちゃうでしょ？　たぶん」

眉根《まゆね》を下げてへらりと笑い、東海林は街を戻って行く。

「帰るぞ、藤堂」

背中を向けたガンさんと女史の後ろで、比奈子はもう一度振り返ってみたが、東海林の広い背中はすでに酔っぱらいたちの奥に消えていた。

歩き出してすぐに、死神女史のスマホが鳴った。見慣れぬ番号だったのか、

「誰だろう?」

と、呟きながら電話を取る。歩く速度が落ちたので、比奈子は二人に追いついた。

「あたしだけど、誰?」

相変わらずの対応に、ガンさんは首をすくめた。

「珍しい、スサナからだよ」

女史は小さくそう言うと、突然歩くのをやめてしまった。

「スサナから? センターから電話ってできるんですか?」

女史ではなくガンさんに訊《たず》ねると、ガンさんは人通りの邪魔にならないように女史の腕を引いて通りの隅へ連れて行きながら、

「彼女は収監者じゃねえんだろ? ふつうの研究者なら、すべてがふつうだ」

と、比奈子に教えた。言われてみれば確かにそうだ。死神女史が接触していたセンターの住人は、野比先生もサー・ジョージも永久君も、みな殺人者ばかりであった。比奈子はセンターに関しても、一方向からしか見てこなかったのだと実感した。

「初めてだよね？　あたしに電話を寄《よ》こすのは……え……？」

女史は困惑した表情だ。何の話だろうと思ったが、電話の内容は聞こえない。女史の隣で道行く人を眺めていると、ガンさんがペパーミントガムを一枚くれた。七味をかけたかったけど、東海林と女史とガンさんが使って、缶が空っぽなのだった。

「驚いた……」

しばし後。ため息交じりに電話を切って女史が言う。

「スサナがあたしのラボへ来たいと言ってる。明日の朝一番で」

「なんでまた」

ガンさんは心配そうに眉根を寄せた。

「第一、その女は安全なんですかい？」

「さあね。チップはあっても犯罪歴はないんだし。でもさ……」

女史は比奈子を見下ろした。

「このタイミングなのが気に掛かるねえ」

「何をしに来るんですか？」

比奈子は女史に訊《き》いてみた。

「そこなんだよ。あたしが頼んだデータに、補足説明したいことがあるって言うんだけどさ」

「なんなんですよ？　その、頼んでおいたデータってのは」

「だから、彼女に頼んだデータなんか、ないんだよ」

「え？」

比奈子は目を丸くした。

「こっちも話を合わせておいたけどさ。まったく……」

「先生。そりゃ、危ない話じゃないですか」

「大学まで出張って来てさ、それはないと思うんだけどね。重要な証拠をラボで預かっているならともかく、スヴェートがらみの遺体は処理してしまったし、検死ファイルは警視庁に提出済みで、そもそも奴らは隠すつもりもなかったんだしね……まてよ？　でもさ」

死神女史は自分の顎《あご》に手をやった。

「厚田警部補。またお嬢ちゃんを借りなきゃならない」

「藤堂をですか？　そりゃ、かまいませんけど、どうしてですよ」

「この娘《こ》はあたしの助手ってことになってるじゃないか。スサナが来て、万が一にも何かを疑って、助手でなかったことがわかってさ、妙なことを嗅《か》ぎ回られるのはゴメンだからね。なら、お嬢ちゃんに居てもらったほうがいいだろう？」

「……言われてみればそうですね」

ガンさんは比奈子を見た。

「私が助手をするんですか？　先生の」

司法解剖を手伝う技師たちのことを思い出し、比奈子は情けない声を出した。

「別に解剖を手伝えとは言ってない。お茶だけ出しに来てくれればそれでいいから」

「いや。それと先生を守ってくれ。誰かつけよう。御子」

「それなら清水先輩がいいです。ちっとも刑事らしくないという点で」

死神女史は笑いながら、

「だよね。あの坊ちゃんは使えないもんね」

比奈子が遠慮して言わなかったことを、ずけずけと言った。

第三章　保の決意

比奈子とガンさんが八王子西署へ戻ったのは日付が変わる頃だった。

今夜は倉島と片岡が当番で、片岡は廊下のソファで仮眠を取っていた。署内は薄暗く、倉島のデスクにだけ明かりがある。

「お疲れさん」

と、ガンさんは、自販機で買ってきたダイエットコーラを倉島に渡し、片岡の缶コーヒーをデスクに載せた。

「お疲れ様です。ずいぶんかかりましたね」

スマートにコーラの封を切りながら、イケメン刑事の倉島はガンさんに言う。比奈子は浮かぬ顔のまま、自分のカバンをデスクに載せた。

「藤堂、いいぞ。もう帰れ」

答えもせずに引き出しを開け、七味パックの封を切り、缶の中身を半分ほど補充してから冷蔵庫へ行こうと席を立ち、その時になってようやく比奈子は、ガンさんの言葉に気が付いた。

「あ。すみません。これをしまったら帰ります」

「はーん。さては何かあったんですね？」

倉島が三本指でメガネを直すと、ガンさんはガムを嚙《か》みながら自分の顎を捻《ひね》り始めた。

「あったと言えば色々あったし、もっと色々ありそうな気配もしてな。なあ藤堂」

倉島は、(あのことですか？) と尋ねる代わりに小首を傾げた。闇の組織スヴェートについては、迂闊《うかつ》に口に出すなとガンさんから言われているからだ。

ガンさんは倉島のそばに寄り、無言で彼の肩を叩《たた》いた。体格が違うので埃《ほこり》を払うようにしか見えなかったが、察しのいい倉島はすぐに話を打ち切って、

「今夜は比較的平穏ですから、ここはぼくらに任せて上がってください」

と、白い歯を見せた。比奈子は七味パックを冷蔵庫に入れ、自分のカバンを手に持った。お先に失礼しますと頭を下げると、

──トンでもねえうまさだぜ！──と、スマホが鳴った。

「あれ、懐かしいですね。またその着メロに戻したんですか？」

倉島が訊く。

「そうなんです。なぜか急に、初心を忘れちゃいけないなって思うようになって」

スマホには銀河鉄道９９９のメーテルに扮《ふん》した三木の写真が浮かんでいる。

「三木捜査官です。なにかしら」

比奈子はガンさんと倉島の前で電話を取った。

「もしもし？」

「夜分遅くに申し訳ありません。お休みでしたかな？」

「いいえ。ちょうど署を出るところです」

「それはお疲れ様でした。で、ちょっとよろしいですかな」

「いいですけど……なんですか」

二人の顔を見ながら比奈子は訊いた。三木の鼻息が耳を打つ。

「鑑識課のブンザイで僭越《せんえつ》ながら、実は、私のワイフがですな……」

三木のワイフは西園寺《さいおんじ》麗華《れいか》というコスネームで『萌《も》オさまカフェ』の店長をしている。そこで働くメイドたちは、SNSなどのネット情報から個人を割り出す鬼女《キジョ》のスキルが高いので、善意の民間人として捜査協力してもらったこともある。三木が麗華と結婚したとき、彼女らは『店長を泣かせたら黙っていない』と三木を脅していたために、まさか夫婦ゲンカかと、比奈子は若干緊張した。

「麗華さんとケンカしちゃったとかですか？」

先走って尋ねると、三木は、「は？」と間抜けな声を出した。

「言っておきますが藤堂刑事。たとえ天地がひっくり返っても、私とワイフの仲に暗雲が立ちこめることはありません。そうではなくて、ですな」

コホンと咳払《せきばら》いをしてから、三木は言う。

「実は青梅署の件なのです。昨日午前、小河内ダムから車が一台上がったのですが」

なんとなく、どこかで聞いたような話だ。三木は続ける。

「その車の持ち主は永田《ながた》清士《きよし》さんというカメラマンでして、なんと、ワイフの知り合いだったというわけです」

比奈子は思い出した。死神女史のところへ行ったとき、車の中で聞いた事件だ。

「夕方のニュースで聞きました。麗華さんのお知り合いだったんですか？」

「左様で」

「ご遺体は見つかったんでしょうか」

遺体と聞いて、ガンさんと倉島がそばへ来た。

「三木捜査官。この電話、ガンさんと倉島先輩にシェアしても？」

許可を得てスピーカーフォンにすると、三木は続けた。

「車が沈んでいた場所の近くから、遺体の一部が見つかったそうで……ご存じでしょうが、長く水に浸《つ》かっていたことと、大雨でダム湖が荒れていたこともあり、損傷が激しかったそうですが、腕時計などから永田清士さん本人で間違いないようです。だがしかし、要点はそこではありません。ちょっと失礼」

「比奈子さん？　わたくしですわ。ダーリンの妻の西園寺麗華です」

電話はいきなり麗華に代わった。比奈子は「どうも」と挨拶《あいさつ》をした。

「こんなお話を、ごめんなさいね。でも、どうしても奇妙で、ご相談せずにはいられなかったんですの。ダーリンはほら、鑑識課のブンザイなので、ですから私」

「麗華さん。落ち着いて、順を追って話して下さい。ダム湖で亡くなったのは、お知り合いのカメラマンだったんですね？」

「そうです。永田先生はカメラマンと申しましてもプロではなくってアマチュアの、廃墟《はいきょ》専門のカメラマンさんでした。わたくしたちは、ほら、コスプレで、先生が撮られた廃墟をバックに写真を撮ったりしておりますの。萌オさまカフェでは、新しい写真が撮れますと、佳《よ》いお写真を選んでですね、大きく引き延ばして頂いていたのです。先生は写真の前にコスプレイヤーさんたちが立つことを計算して、迫力ある背景を撮って下さる名人でした」

「それはご愁傷様でした」

「ええ。でも、そうじゃなく、わたくし、先生とすれ違っているんですの。一昨日《おととい》のことです。一昨日に吉祥寺《きちじょうじ》の駅で」

「はい？」

麗華が何を言いたいのかわからずに、比奈子は曖昧《あいまい》な返事をした。すると電話は、また三木に代わった。

「永田清士さんが八ヶ岳《やつがたけ》へ行くとご家族に言って出掛けたのが二週間前。ご家族が捜索願を出したのがその二日後で、携帯電話のGPSが小河内ダム付近で消えたのは本人が出掛けた日の夜でした。ゲリラ豪雨がありまして、車内の様子は確認できなかったものの、ダム湖付近のライブカメラに本人の車が映っておったそうでして、そちらに矛盾はないのです」

「妙ですね」と、倉島が言う。

「ダム湖に車が沈んだのは出掛けた当日ということですか？　それなら奥さんがすれ違ったのは、別人でしょう」

「ご遺体の状況はどうですか。亡くなってから日が経っていたんでしょうか？」

「そこですな。所轄に尋ねてみましたら、失踪《しっそう》当日にダム湖に沈んだとみて齟齬《そご》がないとのことでした」

「でも、あれは永田先生です。もちろん声も掛けました。無視されてしまいましたけど。それで、あの……永田先生は背が高かったんですわ。いつもより」

「それはどういう意味ですか?」

比奈子が訊《き》くと、「言葉通りです」と麗華は答えた。

「永田先生はダーリンと同じぐらいの身長ですの。でも、すれ違ったときはずいぶん高くていらっしゃいました。そうね。前に八王子西署にいらした東海林さんと仰《おっしゃ》る方くらい」

「東海林は一八〇以上ありますよ? シークレットブーツを履いたとしても、そんなに高くなるのは無理です。やはり誰かと間違えたんでしょう」

「麗華さん?」

比奈子は電話に呼びかけた。

「……そうですわよね……ですから、やっぱり、あれは先生の幽霊だったんですわ。ねえ、ダーリン」

二人で議論していたのだろう。電話はまた三木に代わった。

「夜分遅くにこんな話で申し訳ありません。ですが、鑑識を生業《なりわい》としておる者が、超常現象を信じるわけにはいかないのでして、ぜひとも藤堂刑事の意見をですな」

「ふむう」

と、ガンさんは首を傾げた。さすがに眠そうな顔をしている。

「奇妙といえば奇妙だが、それだけじゃなんとも言えねえなあ。自分そっくりの顔をした人間は世の中に三人いるって話だし……幽霊が吉祥寺の駅に……のっぽになって……か」

「空中に浮いていたのでしょうか。幽霊だけに」

倉島が真面目に言うので、比奈子はどう話をまとめればいいのかわからなくなった。

「麗華さんはショックだったんじゃないですか？　大丈夫ですか」

「ご心配には及びません。私がついておりますからな。いや、聞いて頂いてありがとうございました。藤堂刑事と話ができて、ワイフも気が済んだようです」

そういう三木の声がまだ熱を帯びていたので、比奈子は訊いた。

「もしかして、キジョを総動員して幽霊を探す気なんですね？」

SNSには日々凄《すさ》まじい情報がアップされる。萌オさまカフェのキジョたちは、それらをくまなく検証し、重箱の隅を突《つつ》くようにして追跡することに長《た》けている。

一昨日の吉祥寺駅界隈《かいわい》で麗華が映った画像を探せば、すれ違った幽霊が映り込んでいるかもしれない。

「映像が手に入ったら、私にも回してもらえませんか？　個人的に興味があります」

三木はふふんと鼻を鳴らすと、「では」と言って電話を切った。

比奈子が署を出てアパートへ向かっている頃に、日本精神・神経医療研究センターの一室で、中島保は死神女史のメールを受け取っていた。

件名を『カウンセリング依頼』としたメールでは、法医昆虫学の研究者ジョージ・C・ツェルニーンについて、一度様子を見て欲しい旨が書かれていた。

彼については、このところ研究に使う屍肉《しにく》の搬入量が四割程度も落ちているほか、毎週のように注文していた紅茶やミルクの消費量も減っているという。そしてそれと反比例するように、OA機器の使用時間が延びているというのであった。

——……彼には特殊な事情があるため、必ず自分を立ち会わせて頂きたい。ついては先生の都合のよい時間をお知らせ願いたく——

保は宙を見て考えた。死神女史は、最初の身元引受人だった大学教授が亡くなった後、ジョージの身元引受人を引き継いだと聞く。

彼女からメールが来る時は、大抵が猟奇事件のプロファイリングや犯罪心理の相談で、死体に残る傷口や凄惨《せいさん》な現場の有様から犯人の心理状態を紐解《ひもと》いて欲しいと願うものだ。生きている誰かを慮《おもんぱか》ってカウンセリングの依頼を申し込んで来るなど、一度だってなかった。しかも相手は女史が変態法医昆虫学者と呼ぶサー・ジョージだ。彼がカウンセリングなど必要としていないことは死神女史が一番よく知っている。だからこのメールは、文面どおりの意味ではないのかもしれない。

保は、ある日のことを思い出していた。万全のセキュリティを誇るこの施設に悪意の侵入者がいると、最初に気付いたのは金子だった。喋《しゃべ》らない彼の代わりに永久が影人間を特定し、それを彼女に伝えた日のことである。自警会が出資した病院が襲撃されて、無関係な人が何人も殺されたと、保は女史に告げられた。それらの事件は、保のせいで起こったのだと。

——悪いのは犯人だから、ショックを受ける必要はないなんて、残念だけど、あたしは言わない。奴らの狙いはあんただし、他人の脳に細工して自在に他人を操れる技術があると、奴らに錯覚させたのもあんただからね——

死神女史はそう言った。死人が出たのは、保が過去に犯した罪のせいだと。

——誰があんたを狙っているのか、少しずつわかってきたんだよ。光のロゴマークを使うスヴェートという組織。日本に公益財団法人・陽の光科学技術研究振興財団って組織を立ち上げて、科学者の支援をしながらバイオテロリストを育てているらしいこともわかってきた——

保は深くため息を吐いた。

女史の話は本当だった。つい最近も、センターで影人間が殺された。保はその場にいなかったけれど、金子の部屋で監視映像を観ていた永久が教えてくれた。お姉ちゃんと死神博士が脳みその部屋へ入ったら、影人間が泡を吹いて死んじゃったと。

保はメガネを外して拭《ふ》こうとしたが、動揺のあまり落としてしまった。

慌ててつまみ上げたとき、モニター奥のフォトスタンドに目がいった。入っているのは写真ではなくて、収容されたとき保が持ち込んだただひとつのもの、イチゴキャンディーの包み紙だった。

他人の脳に細工して、自在に操る技術など、あるわけがない。

保が望んだのは、キャンディーを喉《のど》に詰められて、叫ぶこともできずに殺された少女の敵《かたき》を討つことだった。快楽殺人を繰り返す犯人の不随意機能を操作して、被害者が受けた苦しみを犯人が感じるようにしたのだ。ところが結果は想像を超えて、犯人は自分を殺害してしまった。一人殺せば一人分、三人殺せば三人分の犯行を、自らの体に再現させて。

保の手には深く抉《えぐ》れた無数の傷痕《きずあと》が残されているが、それは快楽殺人者のひとりだった大友翔《おおともしょう》を助けようとして負った傷だ。

結局、保は何もできなかった。快楽殺人者を改心させることも、救うことも、なにひとつ為《な》し得なかった。大友は死に、保は生き残ってここにいる。

彼はメガネを掛け直し、カウンセリングルームの隣にある研究室に目を向けた。そこでは特殊なカウチに横たわり、十二歳になった殺人者、児玉永久が眠っている。

永久はスヴェートのクローン実験で生まれた。敬虔《けいけん》なクリスチャンだった母親は、レイプされたと考えて罪に慄《おのの》き、光る眼で生まれた永久を悪魔の子として恐れたのだ。彼女は自殺未遂を繰り返し、己の罪を思い出させる少年を、地獄を模した地下室に閉じ込めた。激しいネグレクトと虐待のせいで、永久は心が育つチャンスを失った。

児玉永久は大友翔を思い出させる。救えなかった大友の代わりに、保は永久を救いたいのだ。そうすれば今度こそ、闇に惹《ひ》かれてしまう人々を光の下に導けるのではないかと思う。それができれば、キャンディー事件の少女のような、痛ましい犠牲者が出るのを防げるはずだ。もう二度と、誰ひとり、あんな事件に関わらせてはならない。フォトスタンドに自分の顔が写っている。あれからずいぶん月日が経ったが、永久の矯正実験は始まったばかりだ。

再びパソコンに向き直り、保はメールに返事を書いた。

こんな時間に連絡を寄《よ》こすということは、切羽詰まった事情があるに違いない。万が一スヴェートの魔手が自分に及んだ場合は、永久を守りたいというのが第一義であり、センター内で信頼をおける一人が、変態法医昆虫学者のジョージである。ジョージは自己の世界に埋没し、死神女史にしか心を開くことがないので、スヴェートの甘言に惑わされない。永久とジョージが知り合えば、永久の避難場所が一カ所増える。でもまさか、こんなにも早く事態が動くとは。

——Re：カウンセリング依頼

石上博士。ご連絡ありがとうございます。お問い合わせの件は承知しました。早いほうがよろしければ、明日にでも時間を作ります。こちらのスケジュールは以下の通りです。どこかで都合が合えばいいのですが——

保は予約されているカウンセリングの時間を確認した。どこかの空き時間でうまく会えれば、永久をジョージに紹介できる。

返信はすぐに来た。

――Re：Re：カウンセリング依頼

では、明日午後三時に伺います。石上――

毎度のことながら素っ気ない文面だが、即座に返事が来たことからも、のっぴきならない事態が迫っていると思われた。

センターでは、真夜中でも共有ゾーンの明かりが消えない。夜間、特殊偏光ガラスで覆われた建物は、外からの視線を防ぐためにガラスが黒く変化する。日中は空を見通せる保の部屋も、黒いガラスに照明だけが映り込む。複数の間接照明が星さながらに光っているが、もちろん本物の夜空は見えない。思い返せば、ここへ来てから本物の星を見たことなどあっただろうか。

保はパソコンの電源を落として立ち上がり、研究室の扉を開けた。与えられたブースには、カウンセリングルームの他に研究室とサニタリースペースがついている。永久を引き取ってからは居住用に別の部屋を与えられているものの、永久が矯正用装置として作った巨大カウチで眠ってしまうため、保もほとんどこの部屋にいる。カウチは体温と心拍に似た振動を持ち、永久が初めて心を許した比奈子の匂いがついている。多くの被虐待児童が得損ねた乳児体験、母親の胸に抱かれ、温《ぬく》もりに包まれて、世界が安全で安心できるものだと知ることを、擬似的に体感できるのだ。

天井から何本もコードが下がり、テーブルにはパソコンやタブレットが置かれ、工具、機具、備品が雑多に並ぶ研究室の片隅で、胎児のように体を丸めて永久は眠りを貪《むさぼ》っていた。ここへ来たばかりの頃は眠れないほど興奮し、炯々《けいけい》と眼を光らせて、持てる知識のありったけを喋り続ける永久だった。頻繁に癇癪《かんしゃく》を起こして暴れ、そうかと思えば彫像のように動かなくなり、不気味な笑みを貼り付けたまま、何時間でも保を見つめ続けることすらあった。目を離せば装置を破壊し、物を隠し、そのくせ猫なで声ですり寄って来た。ドライバーを研いで刃《やいば》を作り、切れ味を確かめるために壁を切り裂いた。まるで、美しく脆《もろ》いケースに入った剃刀《かみそり》のような少年だった。

その永久が無防備に眠る姿を晒《さら》すのは、彼の中で何かが確実に変わっている証拠でもある。保は跪《ひざまず》いて髪を掻《か》き上げ、静かな声で永久を起こした。この先何が起ころうと、この少年だけは守りたい。彼が自分の足で立ち、本当の強さを身につけて、自分の罪と向き合って、そのうえで人生を選び直して、歩き続けることが保の望みだ。

そのためならば、何でもできる。

「永久くん……起きて散歩に行かないか？」

時刻は午前一時を過ぎていた。空には夏の大三角と呼ばれる星が輝いているはずだ。都会の夜は明るすぎて天の川は見えないけれど、そこに星屑《ほしくず》の川があることを教えてやれば、いつかそれを見たときに、今夜のことを思い出してくれるかもしれない。肩に手を掛けて揺り動かすと、永久は目を瞬《しばた》いた。

「なんで？　いつもは早く寝ろって言うのに、どうして今夜はぼくを起こすの？」

「ちょっと思い付いたんだよ。もしも永久くんが学校に行ってたら、今は夏休みの真っ最中だよね？　夏休みは特別だから」

永久は鼻の頭に皺《しわ》を寄せ、皮肉な笑みを保に向けた。

「特別？　夏休みなんて、つまらなかったよ」

「そうかい？」

「ほとんど部屋で勉強か、そうでなきゃ地獄部屋に閉じ込められていたんだもん。ああ、でも、キャンプしたのは楽しかったよ。魚を殺して、火で焼いて食べたりさ」

「星も見た？」

永久は思い出すように眉根《まゆね》を寄せた。

「見たかもしれない。覚えていない」

保は「じゃあ、今から見よう」と、永久に言った。

彼をカウチから引っ張り起こすと、手を取って廊下に出て、ロビーに下りる。真夜中のロビーは昼間よりは閑散としているが、休憩を取りに来たスタッフや研究者がちらほらとお茶を飲んでいる。見上げる窓には夜空がなくて、内部の明かりが映り込んでいるだけだとしても、気にする者は一人もいない。

室内は一年を通して同じ気温、同じ湿度に調整されているのだし、そもそもここで働く者たちは自然の移り変わりにあまり関心がない。供給される飲食メニューには季節を意識したものもあるのだが、変わったメニューを考えても人気が出ないと調理人が嘆いていた。

永久は無言で保に従っていたが、ロビーを抜ける時、小さな声で訊《き》いてきた。

「部屋からミクが観てると思う？」

金子未来の部屋で四六時中映し出されている監視モニターのことを言うのである。

「どうかな。こんな時間だし」

そもそも金子は眠るのか。保は彼がパソコンの前にいる姿しか知らない。それでも永久は振り向くと、天井に向かって手を振った。金子の部屋に入り浸っているうちに、カメラがどこから撮影しているのかすっかり覚えてしまったという。金子が見ている監視映像はセンターの警備室のものだから、警備員らは、永久が自分に手を振っていると思うだろう。


ロビーを抜けて中庭に出ると、研究用の植物園で夜が静かに鳴っていた。何かの虫の声だとしても、保はその名前を知らない。生ぬるい風が梢《こずえ》を揺らして、建物に切り取られた変形の空に赤い星が瞬いていた。中庭の脇には図書室へ続く回廊があるが、その半地下の縁《へり》部分に、保は永久と並んで掛けた。昼には気付くことができないような、土と、木の葉と、風の匂いがしめやかに香る。

「星が見えるね」

少年らしくなった背中を丸めて、永久は変形の空を仰いだ。

「あの赤いのは何の星？」

「火星じゃないかな。今年は十何年かぶりに大接近しているみたいだよ」

へえ。と永久は言ったまま、両足を伸ばしてさらに天空を見上げた。

「月はどこ？　見えないね」

「建物の陰に隠れちゃったかな」

またもや、へえ。と、永久は言い、無言で視線を巡らせた。

「なんかさ……こういうの、いいね」

「いいかい？」

「うん。なんていうか、普通っぽい」

保は膝《ひざ》の間に腕を差し入れ、指を組んだ。低い位置に座っていると、植物園のナスやキュウリや、その奥に植えられた背の高い植物や、さらに高い木々などが、緩やかに揺れながら、それでも生長して行くのを感じる気がする。夜気を呼吸する葉裏の匂いが遠い夏を思い出させて、いつか比奈子と蟬の話をしたことが突然胸に迫ってきた。あの時交わしたキスのことも。

「ぼくに話があるんでしょ？」

永久が静かにそう訊いた。赤い星を見上げたままで、保のほうを向きもせず。

「カメラはあるけど、声が聞こえにくいからここへ来たんでしょ。ねえ、タモツ」

「うん……」

と保もそのまま答えた。指を組み、植物園を見つめたままで。

「大事な話があるんだよ」

風は穏やかに吹き抜ける。ジー、ジー、と夜が鳴き、見えない月の光があたりに満ちる。保は少し逡巡《しゅんじゅん》してから、

「もしかしたら、影人間が襲ってくるかもしれないんだ」

と、一気に言った。

「襲って来てどうするの？　ぼくたちも影人間にされちゃうの？」

「それはわからないけど……あのね、永久くん」

保は一瞬だけ永久を見た。永久はメガネをしているが、裸眼は今この暗闇で、ガラス玉のように光っていることだろう。タペタムの異常を持つ彼は、暗闇でも見える目を父親から受け継いだと思っている。クローンではなく。

「影人間の一人は逃げちゃったみたいで、そのまま行方がわからないんだ。まだここにいるのかもしれないし、逃げて、また戻って来るかもしれない」

「ここの人たちを襲うため？」

「ぼくを襲うためらしい」

永久は振り向いたけれど、すぐにまた空を仰いだ。監視カメラが見ていることを忘

れていないからだった。永久は歌うように体を揺すりながら夜空に訊いた。

「なんでタモツなの？」

保は深く息を吸い、それからそれを静かに吐いた。

永久には嘘をついてはならない。少年はそれに敏感で、相手の心を読む才能に長《た》けている。こちらが誠意でぶつからなければ、世界そのものを閉じてしまう。叩《たた》き続けた扉が開かないことを、思い知らされて育ってきたのだ。だからこそ、彼に真実を閉じてはいけない。

「知っておいて欲しいんだ。ぼくがどんな人間か」

勇気を奮い起こして保は言った。ゆるやかに組んだ指を祈りのかたちに握りしめ、敢《あ》えて唇に笑みを浮かべた。永久は何も答えない。

「ぼくは弱虫で、泣き虫で……その時は大学に通ってた。部屋を借りようとアパートを見に行って……そうしたら、女の子が死んでいたんだ」

保は敢えて永久の瞳《ひとみ》を覗《のぞ》きこみ、「とても惨《むご》い殺され方で」と、静かに言った。

「ぼくが小さい子にやったみたいに？」

「そうだよ」

「指とか耳とか切られていたの？」

保はそれには答えなかった。

「……昨日のことみたいに思い出せるのに、思い出すと辛《つら》すぎて、今でも大声で叫びたくなる。自分が爆発したみたいになって、怒りを抑えられなくなるんだ」

永久は俯《うつむ》いて自分の膝に目を落とし、小さな声で、

「タモツはぼくが嫌いなの？」と訊いた。

「好きだよ。永久くんは家族だ」

「でも、怒りを抑えられなくなるんでしょ」

「そうだよ。何に怒るかっていうとね、永久くんに殺人を犯させた、その背景に怒るんだよ。あの時もそうだった。人間が人間に、しかも小さな女の子に、あんな酷《ひど》いことができるなんて、信じられなくて、ショックでしばらく入院したんだよ。そして」

保はまた息を吸う。すすり泣くかのように胸を鳴らして。

「そういう事件が起きるのを、止めなきゃならないと思ったんだ」

雲が流れて赤い星を覆い隠した。空は比較的明るくて、雲の厚みが様々な色に光って見える。保は握っていた指をほどいて、額にかかる前髪を掻《か》き上げた。

「どうやって止めるの？　ぼくみたいにここへ連れてきたの？　犯人を」

「そうできればよかったけれど、その時のぼくは……ああ……そうだな……夢中にな

りすぎて、追われているみたいな気がして、すぐに何とかしなければ、またあんなことが起きると思って、それが怖くて……だから……」

それから保は永久を見て、

「間違ったことをしたんだよ」と白状した。

「間違ったこと？」

深く頷《うなず》いてから、保は続けた。

「犯人も同じ目に遭えばいいと思って、そうしたんだ……誰かに酷いことをした人は、自分も同じ目に遭わされる。そうなれば、どんなに利己的な犯人も罪を犯さないんじゃないかって。誰かに酷いことをする人は、相手の痛みがわからないから、自分の体でそれを確かめたら、やめるだろうと思ったんだよ」

「やめるかなあ」

と、永久は呟《つぶや》く。

「痛いのは厭《いや》だから、その時だけはやめるかも。でも、たぶんまたやって、いつかは自分を殺しちゃうかな……だって犯人は……本当は自分を殺したいのかもしれないでしょう」

回廊の縁《へり》にかけた永久の手に、保は優しく手のひらを重ねた。

「そうだね。ぼくは浅はかだった。結果として、永久くんが言ったとおりのことが起きたんだ。ぼくは誰も助けてあげられなかったばかりか、犯人たちを殺してしまった。酷いやり方……何倍も、ずっと酷いやり方で」

「そうなんだ……本当は、タモツも人殺しだったんだね」

頷いて、保は永久の手を自分の首に誘った。白衣の下に着たハイネックを引っ張って、皮膚に埋め込まれたマイクロチップを触らせる。明らかに違和感のあるそれに触れると、永久は目を丸くした。

「なんか入ってる。タモツの首に」

「マイクロチップだ。犯罪者の証《あかし》だよ。ぼくはこれで管理されてる。逃げ出さないよう、それから、二度と悪さができないように」

「知らなかった。でも」

永久は自分の首に手をやって、

「ぼくにはないよ。ぼくだって人殺しなのに」と言った。

「そう。永久くんにはない。だから永久くんはここを出られる。自分で自分をコントロールできるようになったら、ここを出て行けるんだ」

「なんでぼくだけ出て行くの？　タモツは？」

「影人間が死ぬのを見たろう？　センターの敷地を出たら、ぼくもああなる。チップがあるから。このマイクロチップは劇毒物を発射するんだ」

「嘘でしょ、死ぬの？　タモツは死ぬの？」

信じられないという顔で、永久は見上げた。偏光メガネをしていても、瞳が光っているのがわかる。

「人は誰でもいつかは死ぬよ。でも、誰かが誰かの死を決めるなんて、やってはいけないことなんだ。ぼくは何人もの死を決めた。だからここから出ることはない。ぼくと永久くんの違いはね、ぼくには自覚があったってことだよ。間違っていると理解していたのに、それをした。ただ怒りだけでそれをしたんだ。だから……」

永久はいきなり立ち上がり、保の首にかじりついてきた。

「そんなのダメだ。ぼく、独りぼっちになっちゃうよ」

薄い体から少年の匂いがした。保は彼を強く抱き、何秒間か目を閉じた。

今までならば、永久は奇声を上げて癇癪《かんしゃく》を起こしていたことだろう。けれども今は自制して、それでも堪《たま》らず感情を発露させている。トクトクトクトク……小さな心臓が刻む鼓動が、保の胸を叩き続ける。保は永久の耳に囁《ささや》いた。

「影人間はぼくを探しているんだよ。ぼくが犯人を殺した技術を、もっと悪いことに使おうとして、ぼくを探しているんだよ。今はまだ、ぼくがここにいることを知らないけれど、恐ろしい敵だから、いつかは見つかってしまうかも」

「タモツに悪いことをさせるため？」

「そう。でも、ぼくはやらない。もう二度と誰かを殺さない。ぼくは、殺すためじゃなく、助けるために生きているんだからね」

「イヤだ。ダメだ。そんなのイヤだ」

永久はさらに体を擦《こす》り付けてきた。思い通りにならない場合、影人間は保をどうするだろうと考えている。ただではすむまい。保は、たぶん。

「永久くん、ぼくの秘密を教えてあげるよ」

天空をゆく雲が切れ、星々の瞬きが戻って来た。ここから見えないどこかの空で、月は皓々《こうこう》と照っているらしい。夜空は明るく、星がきれいだ。

「ぼくは犯人の脳に腫瘍《しゅよう》を作って、殺意が犯人自身に向くようにした。でね、同じ腫瘍がぼくの脳にもあるんだよ。最初に自分の頭で実験したから」

「それがあると、どうなるの？」

保は永久を抱く手に力を込めた。

「女の子の死体を見たときの、凄《すさ》まじい怒りが蘇《よみがえ》る。ぼくは直接人を殺《あや》めてないから、発作が起きても自分を殺すことはなかったけれど、あの時の怒りが蘇って、獣のようになってしまう。自分で自分をコントロールできなくなるんだ」

そうしてたぶんその瞬間、マイクロチップは生体の異常を察知して破裂する。万が一の場合は、即座に自分を抹消できる。

永久にすべてを打ち明けながら、保はたった今、覚悟を決めた。

「タモツはそうならないよ」

ところが永久はそう言った。

「ぼくにはわかる。タモツは獣みたいにならない。だってタモツは優しいもん。優しくって強いもん。タモツは死なない。そうはならない」

「ありがとう」

永久が自分で体を離すまで、保は永久を抱いていた。一晩中そうしていても、生まれてからこれまでに永久が得損ねたスキンシップには遠く及ばない。この少年が心の穴を埋めるまで、できればそばにいたかった。けれど時間はあまりない。自分なしでも永久が生きてゆける方法を、必死で模索しなければならない。

「永久くん、約束して欲しいんだ」

「なに？　約束って」

「自信を持つこと、責任を持つこと、生きること」

永久は少し考えてから、

「難しくて、よくわからない」

と、訴えた。保の告白すら理解できるほど頭脳明晰《めいせき》な永久が、難しいと思う言葉ではない。それでも永久は訴える。その心の裏側を、保は想った。

「いいんだ、今はわからなくても。でもいつか、大切なときに思い出して欲しい」

クローンは短命だと女史は言う。原本のコピーが原本の鮮明さを持ち得ないように、クローンはオリジナルと同等にはなり得ないと。保は、人間らしさを取り戻しつつある少年の命を慈しむように抱きしめた。この命はこの子のものだ。オリジナルでも、大友翔でもなく、永久くんのものだ。

「永久くんもぼくも人を殺した。だから、辛《つら》くても、何があっても、生きなきゃならない。人も自分も殺すことなく、誰かを幸せにするために」

永久はしばらく沈黙していたが、やがて静かにこう言った。

「タモツはぼくを幸せにしたよ。ぼくはもうZEROじゃない。だから、ぼく……」

頑張ってみるね。と、永久は言う。

誠実な答えだと保は思った。

少年は保の首から腕を抜き、隣に座って夜空を仰いだ。目をこらさないと見えないほど小さな星や、青く、白く、赤く輝く星々や、髪をなぶる夜風や、植物の匂いを忘れずにいようと保は思い、願わくは永久もそうであって欲しいと思った。

明日、死神女史が来るという。それはもしかして、少年との別れの始まりかもしれない。予定よりずいぶん早いけど、どうか最善を選べますように。

瞬く星に保は祈る。どうか永久くんが、人間らしく生きていけますようにと。

第四章　永久の陰謀

　翌早朝。比奈子は署ではなく、東大の法医学部へ向かっていた。最寄り駅で清水と待ち合わせてキャンパスへ行くためだ。早朝というのに蝉は鳴き、日射しも、照り返しも、肌に突き刺さるような暑さであった。

「ゾッとする事件を追っていてもさ、涼しくはならないもんだなあ」

　ハンカチで汗を拭《ふ》きながら清水がぼやく。彼はガンさんの命令で、ボディガードとして比奈子に同道しているのだった。

「事件で涼しくなれるなら、署に配属されてからずっと涼しかったことになります」

　早足で歩きながら比奈子が言うと、「まったくだ」と、清水は笑う。

「それでさ、ヤバい女なのかい？　その、死体現象の専門家とやらは」

「いいえ。そんなことないと思うんですけど……もう、何が何だかよくわからないんです。彼女は美人で快活で、マイナスイメージなんかなかったのに」

「でも、ボディファームの管理人なんだよね？」

「そうですけど、逆にそこを尊敬していました。でも、今回の事件では……」

「ああ。わかる気がするなあ藤堂の気持ち。坊主もさ、墓場の管理人みたいなところがあるからね。人は忌みごとに良いイメージを持たないんだよ」

時々間を開けて人々とすれ違いつつ、またそばへ戻って比奈子は言った。

「街を歩いてすれ違う人が怖くなるくらいには、色々なことがショックでした」

「まあね。女性五人を殺害して脱走、さらに連続殺人、人の皮でボディスーツを作っていた佐藤都夜だって、見かけは太ったおばちゃんだったんだからね」

「そういう言い方をするなら清水先輩だって……」

比奈子はその先を言いあぐねた。

「見かけは影の薄いオジサンじゃないかって？　そこはぼくの才能だから」

「ですね」

比奈子はポケットの中で七味缶をまさぐった。刑事になったお祝いに母がくれたこの缶は、ずっとお守り代わりであった。それでも最近は缶の存在を忘れることがあるくらい、刑事として自信をつけてきた比奈子でもある。指先に触れる缶は一部がひしゃげ、そこから錆《さび》が発生して、ずいぶん年季が入ってきた。間もなく缶を持ち歩くことからも卒業できると思っていたのに……

「お母さん」

比奈子は缶に呼びかけた。無性に母の温《ぬく》もりと笑顔が恋しかった。

「え？　なに？」振り向く清水に、

「何でもありません」

と微笑んで、比奈子は東大の赤門をくぐった。

死神女史は研究室で待っていた。ここへ来るのが初めての清水は、古い建物に最新のエレベーターがあることや、それを降りると古いままの廊下があることに感心したが、女史の研究室の狭さには、さらに感心したようだった。

「いや、驚いた。まるっきり古い学校ですねえ」

挨拶《あいさつ》もそこそこに室内を見回す清水に向かって、

「学校だよ」

と女史は答え、

「早速だけど、そっちの薄ボケた刑事さんもこれを着ておくれでないか」

清水と比奈子に白衣を渡した。

「ここはご覧の通りの狭さでね、ほとんどあたし一人で使っているからだけど、この部屋に三人もいるっていうのが、そもそも不自然に見えるだろ？」

「それはまあ……そうですね」

「だからさ、二人は外に出ているのがいいと思うんだよね」

「でも、それじゃ、何かあったら危険じゃないですか」

比奈子が言うと、女史は笑った。

「スサナがあたしを殺しに来るとか？　ただの検死官のおばさんを」

「いえ……万が一ってことですけれど」

「それはないと思うよ。ゆうべ一晩考えてみたけど、どう考えてもあたしを殺してスサナの得になることはない。もちろん彼女はあたしが警視庁の依頼で司法解剖をしていることも知っているけど、それは今に始まったことではないし、魔法円事件の遺体はすでに処理してしまったしね。だから」

女史はそう言って煙草を咥《くわ》えた。

「むしろ逆なんじゃないかと思うんだよ」

「逆と言うのは？」

白衣を羽織って清水が訊《き》くと、

「似合うじゃないか」

と笑ってから、女史は顔を背けて煙を吐いた。煙草の煙を逃がそうと、比奈子はブラインドの奥に手を入れて、たったひとつの窓を開けた。

「スサナとは付き合いが長いけど、こんなことは初めてで……彼女も切羽詰まっているんじゃないかというのがあたしの考えだ。もしかすると、このややこしい事件の突破口になるのかも。そんな気がするんだよ」

死神女史は少し考えてから、清水と比奈子を給湯室へ派遣した。

研究室の並びに空き部屋はないし、白衣を纏《まと》っているからといって、部外者の比奈子らが女史を手伝うわけにもいかない。比奈子がここにいるのはスサナに疑問を差し挟ませないためであり、清水がいるのは女史と比奈子を守るためだ。

二人は白衣と一緒に渡されたゴムサンダルに履き替えて、給湯器とシンクとゴミ箱と、極めて簡素な食器棚だけがある給湯室で、スサナがやって来るのを待った。

午前十時四十五分。ペタペタと、ヒタヒタと、二つの足音が給湯室の前を過《よ》ぎった。ペタペタは職員が履くサンダルの音で、ヒタヒタはおそらくスサナのスニーカーの音だ。たしか朝一と言っていたのに、スサナの朝は遅かった。

ペタペタが来客の案内を終えて去り、しばらくすると、女史から『お茶をふたつ』と電話があった。比奈子は棚からお盆を取って、給湯器のお湯を急須《きゅうす》に注いだ。

「考えてみたら、署の給湯室はそれなりに優秀にできていたんだなぁ」

コンロのない給湯室を眺めて清水が言う。駆け出し刑事の時代には誰でもお茶番を経験するから、清水も給湯室には蘊蓄《うんちく》がある。

「藤堂が淹《い》れるお茶は旨《うま》いよね。お湯が柔らかくなっているからかな」

「都内は水が硬いから、沸騰させてカルキを抜くようにしているんですけど、ここは無理ですね。ヤカンもないし」

「ま。お茶を飲みに来ているわけでもないからさ、行ってらっしゃい」

清水に送り出されて、比奈子は女史の部屋へ向かった。何度も入った部屋ではあるが、白衣にサンダル履きでお茶を運ぶのは初めてだ。ノックすると、

「どうぞ」と声がする。

「失礼します」

比奈子は俯《うつむ》き加減にドアを開けた。

さっき開け放った窓の前に、長身の女が立っている。目の覚めるようなブルーのシャツに白いタイトスカート、褐色の素足にスニーカーを履いたスサナは、比奈子に向

けて手を挙げた。

「ハイ」

「はい。あ、どうも……いらっしゃいませ」

スサナと知って驚いたという体《てい》で、散らかったテーブルにお茶を置き、ペコリとお辞儀して部屋を出る。背中をスサナの視線が追って来るような気持ちがした。

給湯室へ戻ってくると、清水は食器棚の脇に身を隠すようにして立っていた。

「どうだった、首尾は？」

「上手《うま》くいったと思います。あまり余計なことは喋《しゃべ》れないので、お茶だけ置いて出て来ましたが、向こうも私に気付いたみたいです」

「ふむ。まあ藤堂は、らしくないという点で、そこそこ印象に残るのかもね」

清水は苦笑しながら比奈子の白衣を目で追った。

「そうやって白衣を着ていると、うちの署へ配属されたばかりの頃を思い出すね。やる気が前に出すぎていてさ、そのくせオドオドしていた藤堂を」

「え。私、そんなでしたっけ？」

客観的に自分を見るのは難しいけれど、あの頃は刑事になれたことが嬉《うれ》しくて、同時に凄《すさ》まじく緊張してもいた。活躍したくて過去十年間に都内で起きた未解決事件を暗記したのに、いつまでたっても内勤で……今にして思えば懐かしい。

静かなフロアで立ち話をしているわけにもいかず、二人はまた沈黙した。

女史の部屋からも不審な声や物音はせず、ようやくスサナが部屋を出たとき、時刻は正午を過ぎていた。ヒタヒタと通り過ぎる足音を聞き、エレベーターが開閉するのを待ってから、比奈子と清水は給湯室を出た。

研究室へ戻ってみると、打ち合わせテーブルとその周辺を女史が調べているところだった。テーブルには茶碗《ちゃわん》が二つ残されて、お茶はすっかりなくなっている。

「お疲れさん。悪かったねえ」

と、女史は言い、そのまま意味深な笑みを浮かべた。

「忘れ物がないか、見ていたんだよ」

それで比奈子は、女史が盗聴器を探していたことを知った。そのためにスサナがここへ来たというのも、充分に考えられる。

「大丈夫のようだけど、こんな心理戦は苦手だよ。あたしの性に合わないね」

女史は煙草に火を点《つ》けて、煙を吐きながら清水にテーブルの茶碗を指した。

「こっちはあたしで、そっちがスサナ。貸してあげるけど、返しておくれね。大学は予算が厳しいんだからさ」

「承知しました」

清水はスサナの茶碗をハンカチに包んだ。三木に指紋を採取させるためだ。正式に採取したものではないから裁判の証拠にはならないが、少なくとも過去の事件と照合できる。

「それで？　どんな依頼でしたか」

比奈子が訊くと、女史は体をずらして自分のデスクが比奈子に見えるようにした。パソコンの脇に見慣れぬ何かが置いてある。ラップ様のものでくるまれた、何かの欠片《かけら》のようだった。

「これを持って来たんだよ」

「なんですかそれは。怪しいものじゃないでしょうね」

と清水が訊く。

「ビビらなくても嚙《か》み付きゃしないよ」

欠片は白く、わずか数ミリのものが幾つかあって、骨のようにも見える。

「なんの破片かしら？」

「骨だね。あそこから持って来たらしい」

「あそこから？　可能なんですか？　だって……」

比奈子の胸に目をやって、死神女史はニヤリと笑う。

「骨は異物じゃないからね、ボディスキャンにひっかからない。だけど、あたしや、あんたじゃ無理だ。胸の谷間に隠しても身体検査でバレちまう。検閲で体を触っても谷間に指を突っ込んだりはしないから、スサナほどグラマーならこれくらい……ま、スタッフは部外者より検閲が甘いというのもあるんだろうけど」

「どうしてファームの骨なんか……まさか、変異させられた骨なんですか？」

そうだねえ、と女史は煙草を揉《も》み消して、ポケットに骨をしまった。

「お昼ごはんを食べに行こうよ」

比奈子は清水と顔を見合わせた。


焼き肉ではなく冷やし中華を食べたいと女史が言うので、なるべく混雑している餃《ぎょう》子《ざ》と中華の店に入った。キュウリとハムと卵のほかに紅ショウガとトマトが載った、ごくシンプルな冷やし中華と、黒豚餃子なるものを頼んでから、死神女史はお冷やを飲んで、スサナとの顚末《てんまつ》を話してくれた。

「彼女はやっぱり変だった。電話ではあたしが頼んだデータに補足説明したいと言ってたくせに、その件もまったくスルーでね」

「もともとデータは頼まれていなかったんですって」

比奈子は清水に説明した。

「盗聴器はたぶん、センターのほうに仕込まれていたのかも。もしくは、監視されていたとかね」

女史は一瞬だけ、遠くを見るような眼差《まなざ》しをした。

「部屋に来るなりスサナはこう言ったんだ。マイフレンド」

「マイフレンドねえ……」

清水は背もたれに体を預けて、女史の言葉を反芻《はんすう》した。

「どういう意味で言ったのかなあ」

「そのままの意味だと思いたいねえ」

女史はおしぼりの袋を破った。

「それからハルマゲドンの話をした。ああいうものは、みんなが『平和だ、安心だ』と言っている時に来るんだってさ」

「どういうことですか」

「ホント面倒臭いったら、意味なんかわかるもんかね。だからそう言ってやった。あたしはハルマゲドンに興味がないと。そうしたら、彼女は笑った。すごく真剣な目をしてね、笑ったんだよ。それで、とりあえず椅子に掛けるよう促したんだけど」

「お茶を運んできたときは、窓の前に立っていましたね」

「そう。ついにどこにも座らずに、立ったまま話をして、立ったままお茶を飲んで、帰って行った。あんたが部屋へ来た時は壁にある検死写真を眺めていたんだよ。スサナも検死官だったんだから……それで、向こうとこっちの検死制度の違いなんかについて話したあとで、こう言った。頼みを聞いてもらえないかと」

丁寧に両手の指を拭《ふ》いてから、死神女史はまた、お冷やを飲んだ。

「スサナは献体としてあのボディファームに残るのが夢だという。だから、自分が死んだらそうして欲しいと」

「は……彼女、何歳ですか？　まだまだ先のことでしょうに」

清水が言うと、女史が答えた。

「そこだよ。順番からいえばあたしが先で、だからそう言ったんだけど」

「それに、先生に頼まなくても自分で献体登録できるんじゃないですか？　事実、研究者やスタッフや、そういう人たちが献体になっていますよね」

「まったくね。おかしいだろう？　まるで自分に死期が近づいているか、もしくは、あそこから出て行かざるを得ないとか、そういうことを考えているみたいだったよ。

「ファームから遺骨を運び出すスタッフが人骨を齧《かじ》るんだって。これはそのスタッフ外部から献体を運び込む場合は、相応の手続きが必要だからね」

　死神女史は二人を見た。

「どう思う？」

「保険ですか」

　彼女は、保険代わりに預かって欲しいと」

「いや、あたしだってわからない。だから訊《き》いたよ。なんだい？　って。そうしたら
「無言で出して……で、どうしたんです？　ぼくにはサッパリですよ」

ないし、調書もない。だから大丈夫なはずなのだ。

ヴェートが警察内部に侵入しているとしても、野比先生のことは捜査資料に残ってい
ないはずだ。スイッチを押す者が中島保であることはセンターの誰も知らないし、ス
　スサナの謎の行動は野比先生に迫る危険を示唆するだろうか。でも、スサナは知ら
「そうしたら、無言でこれを出したってわけ」

　女史は清水の顔を見て、自分の胸ポケットを軽く叩《たた》いた。

　清水の言葉に、比奈子はなんとなくゾッとした。

「なにか動きがあるってことかな？　彼女にしかわからない、気配のような……」

が吐き捨てて行った欠片だから、自分の保険のために預かって欲しいと言うんだよ。他に頼める相手はいないからって」

「つまりはジョーカーってことですね。ふうむ……でも、どういう意味で言ってるのかなあ」

「遺骨を運び出すスタッフ……ですか……」

比奈子は閃《ひらめ》いた。影人間の一人は行方も正体も不明のままだ。けれど殺害された影人間はボディファームの献体から盗んだ虹彩《こうさい》と指紋で研究者になりすましていた。献体からそれを盗めるのはスサナだけだ。

「盗んだ眼球と指紋は遺骨に隠して運び出していたってことでしょうか？」

「たぶんそうだと思うんだ。遺骨に遺体の一部が入っていても、異物スキャンには引っかからないからね」

真新しい献体から眼球を刳《く》り貫《ぬ》き、指を削《そ》ぎ、役目を終えた遺骨に隠して外へ出す。その光景を思い浮かべると、比奈子は胃がムカムカしてきた。

「しっかし……食べ物屋でする話じゃないね」

清水は周囲を見渡したが、店内はガヤガヤとうるさくて、三人に注目する者はない。

「興味深いだろ？　骨片は遺骨でも、齧ったなら唾液《だえき》がついているはずで、ＤＮＡが検出できる。スサナはそれを証拠として残しておこうと思ったんだよ」

「スサナにも危険が迫っているってことですね」

ものの数秒で殺害された影人間たちを思い出す。

「かもしれない。人間を実験材料としか見ないような連中だからね、仲間意識なんてものはない。恐怖による支配は、さらなる恐怖で崩壊するんだ。どんなに巨大に見えてもさ、中にいるのは人間なんだよ、バケモノじゃない」

トレーを持った店員が近づいて来て、

「おまちどおさま！」

と威勢よく、餃子と冷やし中華をテーブルに載せた。

「ああ、来たね。食べよ食べよ」

死神女史は比奈子が配った割り箸《ばし》を顔の正面で勢いよく割った。冷やし中華の器を傾け、練り辛子をスープで溶くと、千切りキュウリの下から中華麺《めん》を引き出した。

「お腹が空《す》いちゃうんだよね。ああいう仕事をやっているとさ、もうペコペコ」

言いながら、麺より先に焼きたて餃子を頬張った。

比奈子と清水は苦笑して、それぞれ自分の箸を割る。

「いただきます」

闘うためには食べなきゃならない。比奈子は紅ショウガから攻め始める。酸味の効いたスープが中華麵によく絡まって、シャキシャキしたキュウリの歯ごたえが食欲をそそる。くし形に切ったトマトはポイントが高くて、比奈子はそれを中華麵の奥に沈めた。食べ終わり頃にクタクタになったトマトを食べるのが好きなのだ。美味《おい》しいものを食べるといつもそうなるように、ふと、保や永久のことを考えていると、

「今日の午後、センターへ行ってくるよ」と、女史が言う。

「変態法医昆虫学者にね、あの子を紹介してこようと思う」

比奈子は思わず箸を止めた。

センターにスヴェートが侵入していることを知った保は、永久を守りたいと女史に訴え、偏執的ゆえに懐柔される余地がないという点で信用できる人物三名を挙げた。伝説の金庫破りだったが利き手の指を二本切り落としてセンターに潜伏し、図書室の番人をしている老人、鍵師《かぎし》。自閉症を持つサヴァンの金子。残る一人が変態法医昆虫学者サー・ジョージで、彼が心を許すただ一人の人物として死神女史に仲介を頼んだのである。

一緒について行きたいと思ったけれど、女史から要請がないので黙っていた。ジョージは女史以外の人間と会話しないから、自分がいないほうが話は早いのかもしれな

い。混ぜた中華麵を見下ろして、比奈子はそっとお冷やを飲んだ。

「そんな顔をするんじゃないよ。ほら、食べて食べて。影の薄いあんたもね」

女史はそう言うと、自分の麵を比奈子と清水の皿に勝手に分けた。消化器系を手術してから一度に摂取できる食べ物が半人前程度になってしまったからだ。ガンさんは心配するけれど、女史は万事気にすることなく我が道を突き進んでいるし、いつまでもずっと死神女史のままでいてくれるようにと、麵をすすりながら比奈子は願う。餃子《ぎょうざ》にも、冷やし中華にも、比奈子は七味を振りかけなかった。


昼食を済ませると、三人は店の前で別れた。今朝は直接本郷《ほんごう》へ来たから、比奈子と清水は電車で署へ戻らなければならない。女史はセンターへ行く前に骨片をDNA鑑定にまわすと言って、また大学へ戻って行った。

駅へ向かう道すがら、比奈子は保と永久のことを考えていた。呼吸するのも辛《つら》いほどの暑さのせいで、何をしていなくても汗が吹き出す。ジリジリと照りつける真夏の日射し、道を行く人々の倦《う》み疲れたような顔。空調が効いたセンターでは暑さを感じることすらないけれど、その場所には今、大きな危険が迫っている。

二人をセンターから逃がしたくても、それが正しい選択なのかは、わからない。スヴェートが影人間を送り込んでいたとしても、外よりはセンターのほうが安全かもしれないし、反面、二人がセンターにいる限り、彼らを守りたくてもそれができない。

何が正解で、何が可能か、比奈子はわからなくなっていた。

「清水先輩」

比奈子は清水に問いかけた。

「どうするのが一番いいんでしょう。どうしたら、この事件を解決できますか？」

俯《うつむ》き加減に歩きながら、清水は普通の声で答える。

「そりゃ藤堂。『頭』を叩くのが一番早いよ。当初は崇高な目的を共有する結社だったかもしれないけどさ、今は恐怖で支配されてるだけだから、頭を叩けば壊滅するよ。それが証拠に、代替わりしてからは、やり方がずさんになってるようだし」

「特に最近は立て続けに事件を起こしていますよね」

「反社会的な組織と取引して、切羽詰まった状況に追い込まれているのかも」

「どういうことですか？」

「結果を急がされているかもしれないだろう？　命を軽んじる連中にとっては自分の命も軽いんだ。それがわかるから必死になって、ボロを出す。見せしめや恐怖で縛らなければ立ちゆかなくなったのもそのせいだろうね。結社が分解し始めている証拠だと思う。逆に言うならチャンスだよ」

「でも、私たちは所轄だし、本庁では事件にすらなっていないんですよ。公安の動きもわからない。それなのに……危機感だけがつのります。ガンさんから本庁の川本課長に話を通してもらうとか、できないんですか」

「あのさ」

と清水は足を止め、比奈子の目を一瞬見てから、また歩き始めた。

「所轄だろうと、本庁だろうと、ぼくらがやることは同じなんだよ。藤堂は一度頭を冷やしたほうがいい。死神のオバサンが言ってたように、どんなに巨大に見えてもさ、中にいるのは人間なんだし」

それから清水は顔を上げ、

「オバケみたいなものだよね」

と笑った。

「オバケですか？」

「そ、オバケ。うちは代々お寺だからさ、そういうのとは親しいんだよね」

「よくわからないんですけれど」

すべてに於《お》いて小作りな清水の顔は、悟ったような雰囲気を醸し出している。

「オバケってのは、正体がわからないから怖いのであって、わかってしまえばそれだけのものだ。破れた提灯《ちょうちん》、柳の影、天井裏に忍び込んだ動物とかね。でも、わからないままだと怖いんだなこれが、想像が恐怖をかき立てるから。今回も、それと同じだと思うんだよね。最初から恐れていたら、戦えないんじゃないのかな」

そうだろうかと、比奈子は記憶を検証してみた。スヴェートが鮮やかに人を殺す手口と、その残忍さ。ペニスの裏に入れ墨を差すおぞましさ。これ見よがしな殺人現場。大量の被害者、変異した人体や、ヒトのクローン……そんな事件が、比奈子の知る限り三十年以上も前から続いているのだ。これを恐れずにいられるだろうか。

「知れば知るほど、むしろ怖さがつのるんですけど」

「だからそれは、想像が補完しているんだってば」

邪気のない顔で清水は笑う。

「見方を変えてみたらいい。藤堂はハルマゲドンを恐れるかい？」

「ハルマゲドンですか……いえ、別に」

「ぼくもだよ。終わりの時が来るのなら、みんなで終わればいいと思う。今から怖がっても仕方がない。じゃ、死ぬことは？　怖いかい？」

「それはちょっと怖いです」

「ぼくも怖い。死後の世界がどうとかじゃなく、痛いのも苦しいのもゴメンだからだ。でも、死んだら何も感じなくなるわけで、そういう意味では死ぬこと自体が怖いわけじゃない。ぼくらは自然に受け入れているだろ？　生き物はいつか死ぬんだって」

「それはまあ、そうですね」

「恐怖の根元は、突き詰めて行くと対処法の問題なのさ。新人刑事の頃は殺人現場が怖いよね。それは何を見せられるかという恐怖であって、実際に現場を目の当たりにすれば、何が起きたか知ろうとするから目を背けずに捜査するだろ？　それと同じだ。結局のところ、恐ろしいものに立ち向かうには、逃げず、目を背けず、真っ向から相手を知ること。化けの皮を剝《は》いでしまえば、そこにいるのはぼくらと同じ人間だよ」

いつも刑事課の隅にいて、存在感の薄さだけが際立つ清水と、比奈子は初めて喋《しゃべ》った気がした。彼を形容するときはどんな特徴も思い浮かばず、たいていの人は清水が刑事課にいることすら失念してしまう。そんな清水の怯《ひる》まない言葉は、比奈子の目から何枚ものウロコを落とした。清水は続ける。

「永遠に生きようなんてさ。死ぬ覚悟すらない臆病《おくびょう》者は、恐るるに足りずだ」

そんなふうに考えたことは一度もなかった。むしろ、想像の及ばぬことをする恐ろしい相手だと思っていた。清水良信、この地味刑事は何者だろう。

「簡単に殺人を犯す人物には二通りあると、ぼくは思っていて、片や自分を含め命そのものに何の感慨も持たないタイプ。佐藤都夜がこのタイプかな。片や臆病が拗《こじ》れて卑怯者《ひきょうもの》になって、自分を守るためには平気で他人を殺《あや》めるタイプ」

「ミシェルは後者だと思うんですか？」

「ぼくはプロファイラーじゃないけれど、やり方を見ていて思うのは、人間性の矮《わい》小《しょう》さだよ。相手を信用できないから力で縛る。そういう敵は案外脆《もろ》い。大丈夫」

「そうでしょうか」

「だって、ガンさんを見ていて感じないかい？」

清水は爽《さわ》やかに笑いながら空を仰いだ。

「あの人は先《ま》ず、相手を信用するところから入るだろ。普通はそういう相手を裏切れないよ。厚田班はただの班だけど、ガンさんがいるから強いんだ。信用されて、信用し、何倍もの力を発揮する。ぼくらはねちっこいだけの粘土みたいなものだけど、硬くて脆いガラスのような連中に負ける気はしない。藤堂は？　どう思う？」

大通りの奥へ目を向けると、V字になったビルの切れ間に真夏の空が広がっている。真っ直ぐに延びていく道は力強いけれど、この道も、それを囲むビル群も、人が作ったものなのだ。たくさんの名もなき人たちが力を合わせて。

自分は厚田班の一員だ。そして厚田班には猟奇犯罪捜査班の仲間たちがいる。

「そうか……奴らの正体は、私と同じ人間なんですね」

比奈子はポケットに手を入れず、その手をギュッと拳《こぶし》に握った。

ミシェルを叩《たた》く。

それが早いと清水は言った。奴は仲間を信用できず、ゆえに組織は揺らいでいる。

比奈子は、スヴェートが犯した事件で被害に遭った人々のことを思い起こした。命は戻らないけれど、でもせめて、彼らの犠牲を無駄にはすまい。二度とスヴェートの犠牲者を出してはならない。

熱い思いが湧き出して、比奈子は久々に高揚してきた。

——進め、比奈ちゃん。あなたは刑事だ——

かつて保が呟《つぶや》いた声が、比奈子の胸に去来していた。


午後二時四十分。約束の時間より少し早く、死神女史はたった独りで日本精神・神経医療研究センターのロビーを訪れた。比奈子が厚田班へ来てからというもの、単身でセンターを訪れることはなかったように思われる。見慣れたロビーには見慣れたままに、白衣のスタッフがくつろいでいるが、怪しい人物が紛れているかはわからない。

外は凄《すさ》まじい猛暑だが、ロビーはいつものように快適で、吹き抜けの天井へ枝を伸ばすベンジャミンの大樹の下で、すでに保が待っていた。

「どうも。石上博士」

人なつこい顔で、保は白い歯を見せた。木漏れ日が丸メガネに反射して、穏やかな笑顔にまだらな影が落ちている。死神女史は彼に近づき、

「悪かったね。急に時間を作らせちゃって」

と、微笑み返した。保は微《かす》かに眉根《まゆね》を寄せた。

「また少し、お痩《や》せになったのではありませんか」

「そうかい？　そうでもないと思うけど」

「体調はどうです？　きちんと眠れていますか」

「よしておくれよ」と、女史は笑った。

「カウンセリングして欲しいのは、あたしじゃなくてサー・ジョージだよ」

女史は保に誘われるまま、ベンジャミンに一番近いテーブルに着いた。

金子の部屋で監視カメラ映像を確認している保は、ベンジャミンの陰になって唇を読まれない席を把握している。比奈子と面会するときも、必ずこの席を選ぶのだ。

「あの子はどこだい？」

「金子君のところです。三時にここへ来るように言ってあるので、たぶんキッカリに来るでしょう。少し時間がありますが、何か召し上がりますか？」

「そうだね。じゃ、ウーロン茶をアイスで」

保は飲み物を取りにゆき、女史はその背中を眺めつつ、首を回して肩を揉《も》んだ。

体調はどうかと保は訊《き》くが、体調がいいのか悪いのか、それを気にしたことはない。体調がいいことなど久しくないし、動けなくなるほど具合が悪いわけでもない。なんとかすればなんとかなるし、思い悩む暇もないほど忙しいのだ。それに、死神女史は厚田率いる猟奇犯罪捜査班と仕事ができるだけで幸せだった。

あらゆる垣根を越えて凶悪犯を追い詰める組織を夢見ていたのはいつだったろう。厚田にまだフサフサと髪があった頃。自分が死神女史ではなくて、ただの執念深い女検死官だった頃。新米刑事の厚田と自分は、時を忘れて夢を語ったものだった。いつかきっとそうしよう。そういう班を作ろうじゃないかと。

「あ、マズい。死神博士が来ちゃったよ」

壁一面にモニターが並ぶ薄暗い部屋で、永久は金子にそう言った。

ロビーを映す監視カメラに死神女史がいる。永久は時間を確認し、

「ミク、できる？　ぼくが言ったこと」

と金子に訊いた。金子の部屋からロビーまでは約三分。不完全恐怖という強迫性障害を持つ永久は、待ち合わせの時間に遅れることすら極度に恐れる。

対して金子は自閉症があるので、永久が望む反応を素早く見せることはない。

「もう一度わかりやすく話すから、よく聞いて」

それでも永久は癇癪《かんしゃく》を起こすことなく、粘り強く説得を続けた。

「ミクはコンピュータの天才でしょう？　ここのシステムをいじれるよね？　だから悪いことをした人たちの首に入ってるマイクロチップのプログラムにアクセスして、タモツのチップが破裂するのを止めて欲しいんだ。チップの無力化、できるでしょ。ねえ、できるよね？　チップには毒が入っているんだよ。毒ってわかる？」

金子はモニターにバイオハザードのマークを出した。

「そう。それが破裂したらタモツは死んじゃう。死んじゃうって意味、わかる？」

「……ゆう……れい……」

金子は静かに呟いた。永久のほうを見ないので、独り言のように聞こえる。

「うん、そう。ぼくたちは二度とタモツに会えなくなるよ。ミクが見つけた影人間が、

死んじゃうところを見たでしょう？　タモツもああなっちゃうってこと。あとさ、一人だけ逃げた影人間がいたでしょう？　そいつがもしも戻って来たら、プログラムを乗っ取って、タモツを殺してしまうかも。そいつの好きにさせないで」

「タモツ……死ぬ」

「そうならないように助けてよ、タモツを助けて。ぼくとミクとでタモツを守ろう。タモツがいないと、ぼくはまた独りぼっちになっちゃうよ。ミクだって」

決して目を合わさない金子の顔を、永久は強引に覗《のぞ》き込んだ。

「どうする？　ぼくがいなくなったら」

金子は横目で永久を確認し、モニターに映像を呼び出した。

——This work takes time. This work takes time.——

何かの映像の断片が、繰り返し同じことを言う。それをするには時間がいると、金子は訴えているのだった。永久は金子に抱きついた。ありがとうミク。この気持ちを、どうやって伝えたらいいのだろう。

「ミクならできると思ってた。でも急いでね、お願いだから」

三時まではあと五分。永久は部屋を出ようとして、再び金子の許《もと》へ駆け戻る。

「これあげる。タモツを助けてくれるお礼だよ」

永久はＩＤカードを外したネックストラップを金子の首に掛けてやった。下がっているのは親指の先ほどしかない七味缶だ。永久が比奈子からもらったもので、危険物を持ち出せないよう空洞部分が樹脂で固められている。

大切なこれを誰かにあげる日がくるなんて、永久自身想像もつかないことだった。大切でたまらないものを、大切でたまらない誰かにあげる。永久は、自分が少しだけ大人になれたような気がした。

嬉《うれ》しいのか、そうではないのか、金子の反応は相変わらずだが、永久は軽やかな足取りで部屋を出て、保と女史が待つロビーへ向かった。


電車で署へ向かっていると、比奈子のスマホに着信があった。電話を寄《よ》こしたのは三木だったが、車内で話すわけにはいかない。

「なに？　署から？」

清水に訊かれて、

「いえ。三木捜査官です」

と答えると、比奈子はアプリで応対した。

――藤堂です。電車に乗っていて電話に出られません。何かありましたか？――

既読がついてメッセージが返る。

――それはお疲れ様ですな。以下、ご依頼の件ですが――

一枚の写真が貼り付けてあった。

筋肉質で四角い体、髪に大きなリボンを飾り、レースで膨れあがったピンクのスカート、存在感たっぷりな女性の姿は、三木の新妻西園寺麗華だ。隠し撮りされたものらしく後ろ姿しか写っていないが、逞《たくま》しい背中と豪華な服からして間違いない。

「それって、三木の嫁さんだよね」

横から清水が覗き込んでくる。と、続けて二枚目を受信した。こちらはニュース映像から拝借したもののようで、写真にキャプションがついている。

『死亡したアマチュアカメラマン・永田清士さん（62）』

比奈子はようやく、三木が何を送ってきたのかわかった。

小河内ダムで死亡していたはずの永田清士を、吉祥寺駅で見たと麗華は言った。三木らはネットを検索し続け、麗華が永田清士と出会った証拠を探し出したのだ。

後ろ姿の麗華の写真を二本の指で拡大していく。彼女がいるのはたしかに駅のホームであり、視線の先に大勢の人が歩いている。アプリが再び着信を告げ、今度は麗華の背景を拡大した写真が送られてきた。人混みの奥を歩く長身の男性。サングラスをして目深に帽子を被《かぶ》っているが、死亡した永田清士とそっくりだ。

さらに三木のメッセージは続く。

——個人のツイッターにアップされた画像です。ワイフはひと目を惹《ひ》くので、しばしばこのように盗撮されてしまうのですが、思った通り、日付を限定して吉祥寺駅で検索をかけたら、複数の画像が拾えました。その一枚に、死亡した永田らしき人物が写っております——

「どう思いますか？」

比奈子は清水に訊いてみた。この件について三木が電話を寄こしたとき、清水はその場にいなかった。だからこそ余計にフラットな視点で画像を見比べられるだろう。

「小河内ダムで亡くなったカメラマンですが、麗華さんの写真を見て下さい」

比奈子はスマホを清水に渡した。

「ああ、ここにいるよね。帽子でサングラスの」

「やっぱりそう見えますか？」

「見えるって何が」

「この男性ですが、麗華さんの写真に写る十日くらい前に亡くなっているんです。車でダム湖に転落して」

清水はスマホを比奈子に返し、

「イヤなことを言うね」と顔をしかめた。

「たまたま麗華さんが吉祥寺駅で見かけて、声を掛けたそうです。でも、無視されたって。なのに、その後ご遺体が見つかって、彼はすでに亡くなっていたと知る。時間的辻褄《つじつま》が合わないから、三木捜査官が調べていたんですけど」

「他人のそら似と切り捨てることなく、ワイフの言葉を信じて調べたってのが三木らしいなあ。事故のあと吉祥寺にいたってことは、ダム湖で死んだのは本人じゃなかったってことなのかな？」

「いえ、それは本人だと思います」

「なぜ」

「麗華さんの話では、駅で見かけたとき、男性はいつもより背が高かったというんです。萌オさまカフェでは彼が撮った写真をコスプレの背景に使っていて、本人をよく知っているとのことでした」

八王子が近づくにつれて車内が空《す》いた。清水と比奈子はベンチシートに座り、三木の写真を再び眺めた。清水は「ふうむ」と首を傾げる。

「なんだか妙な話になってきたなあ。カメラマンの死因はなんだ？……本当に事故死だったのかな」

「ガンさんから青梅署に問い合わせてもらいますか？」

「いや、とりあえず署に戻ろうよ。藤堂だけじゃなく、ぼくも頭を冷やさないと」

そう言いながらも、清水はまだ考えている。

「清水先輩、もしかして私と同じことを考えているんじゃないですか？　このカメラマンは廃墟《はいきょ》の写真を撮るのが得意で、事故当日は八ヶ岳方面へ撮影に出掛けると家族に言って家を出たそうですから。もしも事件に巻き込まれていて、本人になりすました誰かがいたとするならば……」

会話を聞かれていないかと、比奈子は周囲を見回した。

「たぶん……同じことを考えているかもしれないけれど……三木はこの件をガンさんに報告したのかな」

「三木捜査官の性格から言って、まだだと思います。歪《ゆが》んでいるというか、鑑識官のブンザイで、捜査に口をはさむのは以《もっ》ての外だと思っているようですし」

「力一杯はさんでるけどね」

「はさむのは厚田班にだけですよ」

「ま、そうだけど」

清水は笑った。

車窓を景色が流れていく。本庁の捜査本部に呼ばれるようになってからは度々観ている景色だが、事件を抱えている時といない時では観え方が違うように感じる。

比奈子はセンターから姿を消した影人間のことを考えていた。金子と永久が見つけた五人のうち、死んだ四人は虹彩《こうさい》と指紋以外はそのままの容姿であったのに対し、消えた五人目は何もかもが不明のままだ。容姿も、誰になりすましていたかもわかっていない。麗華は永田清士の顔をした誰かを見たが、その頃本人は死んでいた。不明の五人目も、虹彩と指紋だけでなく容姿すら変えていたとは考えられないだろうか。

スサナはスタッフのものだといってDNAを女史に残した。そのDNAが四人の誰とも合致しなければ、五人目の影人間の手がかりになる。

影人間はどんな顔をしていたのだろう。

比奈子の脳裏には、永田清士の顔が浮かんでいた。

「こんにちは、死神博士」

午後三時きっかりに、永久はロビーにやって来た。そして保の脇に立ち、死神女史にお辞儀した。上下とも白い服を着て、保とお揃いの丸いメガネを掛けている。メガネには度が入っていないが、特殊な瞳《ひとみ》を目立たせない効果があるという。

死神女史は複雑だった。光る瞳を隠そうと懸命に打った手立ても虚《むな》しく、彼の存在はすでに組織に知られていた。そのことも保に伝えておかねばならない。永久と保と都夜の脳、カードが揃ったと知ればスヴェートは即時行動を起こすだろう。

「こんにちは。少し声変わりしてきたんじゃないかい？」

軽く永久に会釈して、死神女史は保に訊《き》いた。

「変声期に入ったようで、急に背も伸びて」

「あのね、最近は時々、ガラガラってなるんだよ」

死神女史は立ち上がり、永久の頭に手を置いた。

「ちょっと見ない間に、いい表情をするようになったね」

それから保のほうを向き、「じゃ、行こうか」と促した。

ジョージの部屋はロビーから階段を上った先にあり、エアカーテンで遮蔽《しゃへい》されたそのエリアには危険生物を扱う研究室が並んでいる。各部屋にはナンバーも室名もなく、訪問する部屋の場所を訊《たず》ねようにもフロアは無人で、廊下を歩く者すらほぼいない。

三人並んで広い階段を上るとき、保は屈《かが》んで永久に訊ねた。

「永久くん、ＩＤカードをどうしたの？」

白い服によく映える赤いストラップがなくなっているのだ。

「持ってるよ。ポケットの中に」

「じゃ、ネックストラップは？　七味缶のキーホルダーがついたやつ」

「ミクにあげた」

と、永久は答えた。

「友情のしるしにあげたんだよ。お姉ちゃんにもらったキーホルダーごと」

保は一瞬歩調を弱めた。自分の鼻先を指でこすり、感動を共有しようと女史を見る。

永久が自分の所有物を誰かに与えられる日が、こんなに早くやってくるとは思わなかった。比奈子や保のような保護者ではなく、対等な立場の友人として、永久は金子に好意を持った。思春期を迎えた永久には友人が必要だ。家族という器を飛び出して、世界を広げる原動力になる。子供はある日突然に目の前が拓《ひら》けるのだと誰かが言った。

その瞬間を繰り返しながら、計り知れないほど成長していくのだと。

女史もまた保に微笑み返した。

——おや、驚いた——

言葉には出さずとも、保は女史がそう言うのを聞いた。

階段を上った先にはガラス製の大きな扉があって、奥が長い廊下になっている。三人はそこで足を止め、天井を仰いでしばらく待った。センターのIDカードを携帯している保と永久はともかく、部外者の死神女史がこのエリアへ入るためには、監視カメラで認証される必要があるのだ。天井のライトが点《つ》いて扉が開くと、女史は先頭に立って内部へ進んだ。

「サー・ジョージの部屋は入口から七番目。覚えておくこと」

白一色のフロアは出っ張りもへこみもなくて、ずらりと並ぶドアさえも壁の一部のようである。しっかり数えないと七番目のドアすら見逃しそうだが、女史はツカツカと歩いて行って、ノックもせずにドアを開けた。

その瞬間、湿った土の匂いがした。

保は居住まいを正すと、永久の背中を押して入室した。狭くて細長い空間だ。入ってすぐにカウンターがひとつあり、天井からカーテンのように虫網が下がっている。羽音の低いノイズが聞こえ、虫網の中を蛆《うじ》や幼虫が這《は》い回っている。異様な光景に、保は思わず息を呑《の》んだが、永久のほうは好奇心で目を丸くした。

「腐った肉の匂いがするね。ここもボディファームなの？」

と、永久は訊く。

「ちょっと違うね。ボディファームでは時間の経過で遺体がどう変化するかを調べているけど、ここでは遺体そのものでなく発生する虫を調べている。どんな状態の時に、どんな虫が、どんなふうに遺体を食べて繁殖するかというようなことをね」

死神女史は永久に教え、それから、

「ここでは、何を見ても決して大声を出さないこと。あと、虫に驚いて手で払わないこと。潰《つぶ》れると火傷《やけど》のような火ぶくれになる虫もいるからね」と忠告した。

「そういうときはどうすればいいの？」

「焦らず騒がず、息で吹き飛ばすか、虫が降りて行くのを待つか」

女史は確認するように保の顔を見た。不気味な色合いの蛆虫や蝿、虫網の奥に敷かれた土や、その上に並ぶ生肉などを見たせいで、保は幾分か怯《ひる》んでいたが、女史と目が合うとメガネを直して深呼吸した。大丈夫ですと言ったのだ。

「ねえタモツ。ぼくたち、どうしてここへ来たの？」

「カウンセリングをするためだけど、永久くんにも来てもらったのは……」

「あんたなら、彼の友だちになれそうだからさ」

死神女史はニタリと笑い、腰を屈めて永久の耳に囁《ささや》いた。

「虫博士を紹介するよ。名前をサー・ジョージと言うのだけれど、サーは必ずつけること。優秀な研究者でね、ちょっと変わった研究の仕方をしているから、それを見ても驚かないこと。このカーテンの奥の部屋で、母親の遺体と暮らしているのさ」

「どういうこと？」

永久は女史から目を逸《そ》らして保に訊ねた。

「ぼくも会うのは初めてだけど、彼の研究はたくさんの犯罪を暴いたそうだよ」

「そこじゃなくって、ママの死体と暮らすって、どういうことか聞きたいんだよ」

唇を尖《とが》らせて言うので、保は誠実に問いに答えた。

「サー・ジョージはお母さんを恐れるあまり、お母さんを殺してしまった人なんだ。その後は遺体のレプリカを作って、お腹の中に屍肉《しにく》を置いて、そこで虫を育ててるんだよ」

「どうしてお腹に屍肉を置くの？」

その先は女史が引き受けた。

「ジョージのマムは、相当怖い人だったらしいよ。ジョージはマムから逃げようと世界中を旅していたけど、マムは彼を追って来た。追いかけて、追い詰めて、ジョージに殺されてしまったんだよ。けれど、死んでもジョージから離れなかった」

「幽霊みたいに？」

「そうだねえ」

と、女史は思案した。

「頭の中にマムがいて、ちっとも出て行ってくれなかったみたいだ。だからジョージは、母親がもう死んで、何の力も無くなったことを確かめずにはいられないんだよ。死体のレプリカをそばに置き、検査用の屍肉を埋め込んで、虫が発生しているのを見れば安心できる。つまりはそういうことなのさ」

「じゃ、その人も人殺しなんだね。ぼくとタモツと同じってこと？」

「そうね」

女史は頷《うなず》く。

「すっごく怖いママだったんだね。生きてる時は、どんなだったんだろう？」

永久は不気味に微笑んだ。

誰もが抱く疑問だが、保も女史も答えを知らない。永久の瞳《ひとみ》は妖《あや》しい光を含んでいる。数奇な運命を背負ったサー・ジョージと母親に興味を抱いた証拠であった。

人の感情は複雑だ。おぞましいもの、怖いもの、汚いものや惨《むご》いものを厭《いと》う反面、惹《ひ》かれもする。それは生きるための知恵であり、すべての悪感情を排除してしまえば、生存競争からは脱落してしまうものかもしれない。隠すのではなく、触れさせずにおくのでもなく、正しく理解させる努力が大切だと、保は考えているのだった。

「説明は終わり。中へ入るよ。当然だけど余計なものに手を触れないこと。あと、口を閉じて鼻から息を吹き出していないと、蠅が飛び込んでくるからね」

女史は虫網のカーテンを揺すって網に集った蠅や蛆虫を落としてから、中へ入った。彼女に倣って永久が進み、保が続く。虫網のカーテンの中では動物の死骸《しがい》や肉をエサに虫たちが育ち、通路のような空間の奥はまた虫網で、二つの虫網をくぐった先に空気の壁が待っていた。体に付いた虫や卵をエアカーテンが叩《たた》き落とす仕組みになっているのだ。白髪交じりのボブカットを振りさばき、エアで洗浄された死神女史は、保らの準備が整うのを待って先へ進んだ。

ここを襲撃する者は、虫網のカーテンと、そのおぞましさに戸惑うだろう。母親と虫と死神女史にしか興味がないジョージは、報酬でも恐怖でも縛れないという点で信頼できる。あとは、永久が生理的にこの部屋を受け入れられるかという問題だが、幸いにも好奇心が勝っているようで、厭《いや》な顔ひとつしていない。

エアカーテンの先は実験室で、虫入りのケース、乳鉢に乳棒、様々な機器、書物に標本、そしてパソコン、自然光が入る窓を背にするかたちで、それらのものが所狭しと置かれていた。天井や窓枠には太った蠅が取り付いているし、容赦なく顔に飛びかかってくる。この部屋に虫はつきものだったが、死神女史は、いつもよりずっと蠅が多いと思った。シンクに積み上げられた使用済みの乳鉢を覗《のぞ》き込み、

「虫をすり潰していたんだね」

と、永久が言う。幼虫や成虫をすり潰して成分を調べるのは、ジョージが長年続けている研究のひとつであった。

「ごきげんよう。サー・ジョージ・クリストファー・ツェルニーン。マムは元気？」

死神女史は実験室に立ったまま、腕組みをして部屋の奥へ声を掛けた。目線を保と永久に向けて、指示するまではそこを動くなと態度で示す。

「タエコ？」

奥でくぐもった声がした。実験室には自然光が入って来るが、それよりも奥は暗くて、様子が見えない。虫網カーテンの中に敷かれた土や腐った肉、分泌物の臭いが漂う中に、古い書物や絨毯《じゅうたん》の饐《す》えたような臭いが混じっている。

「今日は友人を連れて来たのよ。マムに挨拶《あいさつ》してもいいかしら？」

くぐもった声の主はまだ姿を現さない。逡巡《しゅんじゅん》するような沈黙があり、やがて、

「友人……タエコの？」

と、声が訊《き》いた。

「そうよ。カウンセラーと、あとは男の子なんだけど」

「マムは知らない人に会いたがらない。だから、少しだけ待ってくれないか」

死神女史は首をすくめた。布が擦《こす》れる音と、ジョージがささやく声がする。

「少し眠って。そう……タエコが来てるんだ。またそんな言い方をして……シーッ、聞こえるよ。大切な人だと言ったろう？　マム、たくさんだ、いい加減に」

ガチャン！

何かが割れる音がした。保は窺《うかが》うように女史を見たが、女史は腕組みをしたままでゆっくり首を左右に振った。永久は相変わらず興味津々の顔をしている。

しばらくすると、幽霊のような男が部屋を出て来た。白髪になった蓬髪《ほうはつ》をひとつに束ね、痩《や》せた体にブカブカの白衣を羽織っているが、その下に着ているシャツやネクタイは、非常に高価なものだった。

「サー・ジョージ、私よ」

女史が右手を差し出すと、ジョージは恭しくキスをした。

「マムはなんて？」

ジョージはチラリと保を眺め、次いで薄水色の瞳を永久に向けた。

「いつもどおりさ。気難しいからね。淫売《いんばい》やならず者を家に入れるのは厭だと言ってる。でも、ここの主《あるじ》はもう、ぼくだから」

「その通りよサー・ジョージ。その通りだわ」

女史はジョージの手を取って、骨張った手の甲をさすってやった。

サー・ジョージという男はこの上なく優しげな表情をしているが、落ちくぼんだ目やロウのような顔色や、服の中で泳ぐほどの痩躯《そうく》が異様な雰囲気を醸し出している。

白衣には虫が幾匹かくっついていて、わずか数ミリの黒い虫が触角を揺らしながら肩口を這《は》い、衿《えり》の裏側へ姿を消した。

「サー・ジョージ。虫がついてるよ、衿のところに」

死神女史が紹介する前に、永久はジョージを指さした。

「触ると潰《つぶ》れてかぶれるんだって。気をつけないと」

女史と保にはわずかな緊張が走ったが、意外にもジョージは首をすくめただけで、衿裏に指を差し込むと、指先に黒い虫を載せて永久に見せた。

「なんの虫?」

「ツノフトツツハネカクシ。ハネカクシはシデムシ類に近い昆虫で、世界各地に分布している最も大きな科のひとつだ。現在までに知られた種類は約三万種。だが、まだ全容が明らかになってはいないんだ」

永久が差し出す人差し指に、ジョージはそっとハネカクシを載せた。

「潰すとかぶれる？」

「ハネカクシの仲間にはペデリンという有害物質を持つものがいて、成虫も幼虫も卵も死骸も毒性は変わらない。うっかり潰すと皮膚に体液がついて酷《ひど》い炎症を起こす。症状はすぐに出ない場合もあるから、この虫の仕業とわからない人も多いのさ」

「へえ……」

指から指へ這わせていると、突然、ハネカクシは羽を開いて天井へ飛んだ。

「あ、飛んだ」

「羽を隠しているからハネカクシと呼ぶが、クロモンシデムシモドキのように体を覆うほど羽の長い種類もいる。生態も多種多様で、わかっていないことのほうが多いんだよ」

それからジョージは右手を差し出し、

「ぼくはジョージ・クリストファー・ツェルニーン」

と、永久に言った。永久はためらいなくその手を取った。

「児玉永久です。サー・ジョージ」

「そちらのきみは？」

「中島保です。こちらでスタッフの心理カウンセラーをしています」

「ドクター中島。はじめまして」

ジョージが永久や保と握手を交わすのを見守りながら、女史は苔《こけ》のように湿ったジョージの手の感触を思い出していた。月日が経って、ジョージは老いた。もはやお洒落《しゃれ》で快活な美青年の面影はないが、それにしても今日のジョージは、まともだった頃のような振る舞いをする。何かを割ったのも、母親の幻影に打ち勝って癇癪《かんしゃく》を起こしたからだろう。女史は明らかにジョージの様子が違うと感じた。

「永久くん、虫に興味が湧いたかい？」

本題には触れず、保は永久の顔色を窺った。

「うん。すごく興味があるよ。他にはどんな虫がいるの？　蠅と、蛆《うじ》と、ツノフトツツハネカクシ以外には」

薄い水色の目を細め、ジョージは永久に微笑んだ。

「そうだな……ボーイ、世界中で最も人間を殺している生き物は何だろう？」

眉根《まゆね》を寄せて永久は答える。

「トラかな。ライオンかも……あ、違う。人を食べるって意味じゃないんだね、じゃ、ネズミでしょ。伝染病を媒介するから」

「虫だよ」

と、ジョージは言った。唇の両側に皺《しわ》を寄せ、永久と会話するジョージには、遠い昔、彼がまだ優秀な講師であった頃の面影がある。この少年はなんだろう。少年に会ったとたん、ジョージはマムの呪縛《じゅばく》から解き放たれて、まともに戻ったというのだろうか。それともジョージはどこかの時点で、こちらへ戻っていたのだろうか。

「虫なの？」

「虫なんだ。どんなに強い生き物も殺す力を持っている。相手が強くても、邪悪でも、死ねば餌にしてしまう。ボーイ……マムに会いたいかい？」

ジョージが手を差し出すと、永久は許可を求めるように保を見上げ、そして保が頷《うなず》くと、嬉々《きき》としてジョージの手を取った。実験室の奥へ向かう二人を見て女史は呟《つぶや》く。

「妙だねえ……」

そのまま後を追いかけていくので、保も無言でそれに続いた。

実験室の奥はビクトリアン様式を模した映画セットのような部屋だった。床には高級カーペットが敷かれ、壁は西洋唐草の布クロス、天蓋《てんがい》付きのベッドがあってカーテンが下ろされ、雑多な研究用具を並べたアンティークテーブルの脇で紅茶のカップが割れていた。カーペットには蛆がこぼれて、至る所に肉蠅が止まり、天蓋の中は真っ黒になっている。大量発生した蠅が天蓋から脱出しようともがいているのだ。

「う……」

それを見ると保は口を覆ったが、ジョージに手を引かれた永久は爛々《らんらん》と目を光らせて、天蓋付きベッドを凝視している。

「サー・ジョージ……これは……どうしたことなの？」

あまりの光景に、死神女史さえ言葉を失う。

ジョージは今までもベッドに寝かせた母親のレプリカに屍肉《しにく》を埋めていたのだが、それは発生する虫を調べて屍肉の来歴を知るためであり、これほど蠅を発生させたことはない。天蓋の中が真っ黒になっていることからしても、明らかに常軌を逸した発生のさせ方だ。ジョージに何かが起きているのは間違いなかった。

「タエコ、マムは死んだ。もういない」

ジョージは狂気ではなく、悟りを感じさせる顔で微笑んだ。

「今日は友人を連れて来てくれてよかった」

と、彼は言う。

「今日……もしもタエコが独りで来たら、ぼくはマムのベッドを空にして、ここに、きみを寝かせていたかもしれない。きみとの別れが辛《つら》すぎてね」

穏やかな声で言うので余計に不気味だ。

けれども女史は怯《ひる》まずに、肉蝿を追い払いながら眉《まゆ》をひそめた。

「なにを言ってるの？ マムを処分して、私を殺して、今度は私で虫を育てる？」

思わず強い口調になるのを、腕を伸ばして保が止める。

「サー・ジョージ。あなたに何が起きたんですか？」

ジョージは保の問いには答えずに、カーテンに手を掛け、永久を見下ろした。

「マムをごらん」

そして天蓋のカーテンを引いた。

瞬間、砂嵐のように蝿が飛び出て視界を遮った。鼻に、目に、頬に、口に、ところ構わずぶつかって来る。目を瞑《つむ》り、腕で顔を庇《かば》っても、腕や体に衝撃が走る。わずか数秒、室内は肉蝿の嵐に見舞われて、そして突然静かになった。蝿たちは一斉に床に落ち、テーブルが、ベッドが、カーペットが、無数の蝿で覆われた。

「すっごいや……」

勇敢にも、真っ先に永久が言う。魔法のように蝿が降り、死神女史のヒールは半分ほどが虫に埋まった。羽を動かして回転している個体もいるが、もう飛べない。

「神経系イオンチャンネルを使った。人体に影響はない」

ジョージは女史に微笑むと、薄い水色の目を天蓋付きのベッドに向けた。ベッドの上も蠅まみれだったが、ミイラ化したマムのレプリカは依然としてそこに、ただ、今は掛け布団を掛けることもなく、トゲだらけの薔薇《ばら》に髪を埋《うず》めることもなく、打ち捨てられたかのように腐敗汁まみれのベッドに横たわっていた。

「それがママなの？　本物みたいだ、すごいや」

「だがレプリカだ。マムじゃない。ただの器だよ、実験器なんだ」

「ジョージ……」

死神女史は敬称を忘れてジョージを呼んだ。

羽を動かしながらも飛べない蠅が、悲鳴のように唸《うな》っている。前にここへ来たのはいつだったろう。あの頃よりもジョージは瘦《や》せて、無精髭《ぶしょうひげ》を伸ばしている。そういえば、シャツも……

「織り柄付きのシャツなのね。初めて見るわ」

ジョージはゆっくり瞼《まぶた》を閉じて、また開けた。

「ボーイ。ドクター。タエコと話をさせて欲しい。部屋を自由に見てもいいから」

「やった！」

と、永久は小躍りして、早速ベッドを見に行った。永久が何かに触れないように、保は少年を見張っている。女史は二人を一瞥《いちべつ》してから、再びジョージの顔を見上げた。

「本当は柄付きのシャツが好きなんだ。でも、マムが許してくれなくってね」

「そうだったのね。でも、似合っているわ」

「いつか、きみとデートをしたね。あの時も、こういうシャツを着たかった」

「あの時はベージュのシャツだった。それはそれで似合っていたわ」

ジョージは嘘のない笑みを浮かべて、覚えていてくれたのか、と俯《うつむ》いた。

「突然呪縛が解けたんだ。ぼくは、マムのせいで、ずいぶん人生を無駄にした。きみはそうでないといいけど」

死神女史は心臓の裏側がツキンと痛んだ。他人がくだらない人生だと思ったとしても、自分では人生を無駄にしたと思ったことなど一度もない。それでも、ジョージが人生の大半と、プライドと、経歴と、その他多くのものを無駄にしたのは知っている。そうさせたのは母親だ。私はそれを知っている、と女史は思う。

「さっき、お母様と喋《しゃべ》っていたでしょ。いつものように」

ジョージは白い歯を見せて、それから悲しそうに頭《かぶり》を振った。

「タエコを驚かせたくてしたんだよ。いや、逆かな。信じてもらえないと思ったんだ。ぼくがまともに戻れたと言ってもね」

死神女史は半歩退き、疑うように首を傾げた。

「嘘よね？　嘘でしょ？」

嘘じゃないさと言うように、ジョージは胸に手を置いた。指先がシャツに触れ、止まると想像したよりずっと奥で胸板に触れる。ジョージは恐ろしいほど痩せていた。

「ステージ4の末期癌だ。打つ手はない。きみに知らせないで欲しいとスタッフに頼んだのはぼくなんだ。自分の口から伝えたかったからね」

ステージは、０から4までの五段階で示すガンの進行度だ。死神女史は全身から血の気が引いてゆくような気持ちがした。

収監された犯罪者でも、センターはきちんと健康チェックをするはずで、そんな事態になるまで病気が見過ごされていたとは考えにくい。

「そんなはずないわ」

「いや、そうなんだ」

清々とした顔でジョージは言った。

「チェックでは見つからなかったんだ。病巣が発生したのは胃だが、ぼくの胃は二重になっていて、だから患部がカメラに映らなかった。そういうことさ」

理解できるからこそ死神女史は歯がみした。機器の能力を過信するあまり、映らないものは『ない』と判断してしまう。胃袋の奇形を疑うことなく、疑問を追及し尽くすこともなく、そういうことは起こりうるのだ。

「あと、どれくらい？」

「半年」

女史は一瞬だけ目を瞑った。『半年』は医者がよく使う曖昧《あいまい》にして確かな言葉、旅立ちの準備を促す期間だ。ああ、そうか。それでなのかと腑《ふ》に落ちた。皮肉にも、死がジョージを呪縛から解き放った。生きている限り貼り付いていたであろう母親の影から、ジョージの魂を解き放ったのだ。

「死期が近いと聞いたから、ずいぶん楽になったんだ。もうマムの影に怯《おび》えなくていい。そう感じたら、霧が晴れるように頭が晴れてね。思ったのはタエコのことだ。こんなにも時間が経ったのに、それでもきみは、ずっとぼくを見ていてくれた」

「感謝されることはしていない。あたしは、サー・ジョージ、あなたの探究力と知識が欲しかった。それだけよ」

「そうだね」

と、ジョージは笑う。

「ずっと霧の中にいたわけじゃなく、少なくとも、マムを呪っていない時は正常だったよ。タエコに嗤《わら》われるのが厭《いや》だから、タエコの尊敬を勝ち得たくて踏み留《とど》まった。きみに協力できるそのことが、ぼくを辛うじてつなぎ止めていたんだよ」

「ねえねえ、サー・ジョージ。この死体、中ががらんどうになっちゃってるよ」

ベッドの脇から永久が言う。ジョージは永久に目をやって、

「もうそこで虫を繁殖させる必要はなくなったからね。この蠅が最後で、レプリカは洗浄して、廃棄するつもりなんだよ」

と答えた。

「終わらせるんだ。何もかもなくす。記録以外は」

「ジョージ……まだ、打つ手はあるわ。諦《あきら》めないで」

女史は本心からそう言ったのだが、ジョージは薄く笑っただけだった。

バカなことを口走ったと女史は思った。死こそがジョージの救いだというのに、無理に延命させて何になるのか。それとも、延命させたいのは自分だろうか。

保がこちらを窺《うかが》っている。

丸メガネの奥の澄んだ瞳《ひとみ》が、真っ直ぐ女史を捉《とら》えている。

ジョージは、もしもタエコが独りで来たら、母親の代わりにベッドに横たえていたかもしれないと言った。少なくとも、そう思うほどには死の宣告に動揺し、思い悩んだということだ。それともこれは彼特有のジョークだろうか。

死神女史は自分がうろたえていることに気が付いた。

ジョージがこの世からいなくなる。そんなふうに考えたことは一度もないから、突然の告白に、気持ちの整理がつけられないのだ。末期癌だって？　どうして突然そんな事実を、しかも今、この大切な時に……どうしてジョージ。どうして……

狂気に呑《の》まれたとばかり思っていた彼に、まともな部分があったと知って、女史はショックを受けたのだった。一度は恋人だった男。自分に母親の幻影を重ね、母親から逃れるために利用しようとした男。体も心も傷つけた男。厚田警部補と出会わなかったら、自分は今もこの男を憎んでいたはずだ。それなのに。

ジョージはここで時を止め、虫の研究を続けていた。いつまでもずっと、少なくとも自分が生きているうちは、ここにいるものと思っていた。

女史は中指でこめかみを揉《も》みながら、（ばか、落ち着きな）と自分に言った。

そしてこう考えた。ここへ来たのは永久と保のためなのだ。ジョージの様子がおかしいと連絡を受けた時でさえ、カウンセリングの口実として都合がいいとしか考えなかった。それなのに、嘘から出た実《まこと》よろしく、カウンセリングの必要な状況に、ジョージが追い込まれていたなんて。

「サー・ジョージ。改めて中島医師を紹介させて」

死神女史は手を伸ばして保を招き、彼が虫を掻《か》き分けて来るのを待った。

「私は四六時中ここにいられるわけじゃないけれど、でも彼はここのカウンセラーなのだから、あなたの話を聞いてくれるわ」

そして保をジョージの正面に立たせた。

「彼は優秀よ。もしもあなたに何かが起きて、私に連絡できなくなったときも、彼が私に知らせてくれる。あなたの……望みも……聞い……」

突然涙が出そうになって、驚いて言葉を切った。

「ぼくでよければ相談にのります。極力時間を作って、こちらへ様子を見に来ましょう。ぼくか、ぼくが来られないときは永久くんが」

「ボーイ、虫が好きかい?」

ジョージに訊《き》かれると、永久は鼻の頭に皺《しわ》を寄せ、

「嫌いじゃないけど、ここ臭い」

と、正直に言った。

「ボディファームも臭いけど、ここは虫臭い。ゲロ吐きそう」

　床に降り積もった蝿や蛆《うじ》の抜け殻を片付けるのに、スタッフは掃除機を使う。その掃除機は匂いと一緒に細菌も吸うので、使い捨てになると聞いたことがある。

　ジョージは薄い水色の目を細めて言った。

「オゾン消臭をするよ。正直に言うと、ぼくにはあまり時間がなくて、急いで研究データをまとめなきゃならない。だからボーイやドクターが来てくれるのは助かるよ」

　ジョージは「タエコ」と呼んでから、研究データは大学で預かって欲しいと言った。

「もちろんよ。大切にして、活用するわ」

　唇をかみしめて、死神女史は頷《うなず》いた。

　遠い昔、ジョージはバックパックに虫を詰めて女史がいた東京大学に現れ、ラフな丸首シャツとデニムパンツで講義をした。彼の法医昆虫学教室はいつも大入り満員で、彼に憧《あこが》れる学生も多かった。その後ジョージは厚田に逮捕されて大学を去ったが、法医昆虫学の知識を用いて未《いま》だに警視庁の捜査を助けている。

　万事打ち合わせて部屋を出るとき、死神女史は、長い長い時間が過ぎて、ようやくまた、あの頃のジョージに会えたと思った。

「顔つなぎができたことは、先《ま》ず、よかったね」

カウンターに置かれた消毒液を全身に吹きかけながら、女史は保にそう言った。特殊マットで靴裏をこすり、吸引器を使って永久の体についた塵《ちり》を吸い取ってやる。

「次に来た時、もしも虫博士の部屋がきれいになっていなかったら、こうやって必ず体をきれいにしてから外へ出ること」

「えー、面倒くさいの」

永久は本気で抗議した。

「でなきゃ、あんたの大事なカウチにさ、ある日ハネカクシが繁殖するよ。どうするんだい？　寝ていて全身が火ぶくれになったら」

永久は少し考えてから、髪の毛を振りさばいてきれいに払い、自分で吸引器を使い始めた。女史と保は笑ってしまった。

「永久くんに、ぼくの仕事を手伝ってもらいたい。時々ここへ来て、サー・ジョージの様子を見て欲しいんだ。もちろん、彼から虫のことを学ぶといいよ」

「ぼく、虫をすり潰《つぶ》すのやってみたいな」

「へえ。それは……」

死神女史は苦笑した。

「きっとジョージが喜ぶよ。あんたは立派な後継者になれそうだ」

永久を先に行かせてから、死神女史は保に訊いた。

「歩きながらの会話も監視カメラに記録されると思うかい？」

「映像は撮られていますが、唇を読まれなければ大丈夫でしょう」

保は永久を呼び止めて、彼の前に跪《ひざまず》き、胸についた塵を払う素振りでこう訊いた。

「永久くんは監視カメラがどの方向から撮っているかわかるよね」

「わかるよ」

「石上博士と内緒の話をしたいから、カメラが背中になる場所を教えてくれないか。シャワーを浴びたらおやつを食べに行っていいから」

「タモツの研究室は？」

永久は保が研究室に細工を施し、音声を録音しにくくしたことを覚えていた。

「二人で研究室へは戻れない。今日はサー・ジョージに会うのがメインだからね」

面倒臭いねと永久は言い、カメラに口元が映らない場所と方向を教えてくれた。

「あと、おやつはいらないからスサナのところへ行ってくる。サー・ジョージが飼っていた青い蛆虫《うじむし》と、ツノフトツツハネカクシは、ボディファームにもいるんだよ。でも、こっちのほうが、ものすごーく太ってた。なんでか見てくる」

好奇心に目を輝かせ、永久はフロアを飛び出して行く。死神女史と保はそれを見送ってからロビーに下りて、中庭へ向かった。

午後四時過ぎの中庭は、まだうだるような暑さであった。永久は中庭から図書室へ向かう回廊を保に教えてくれたのだ。図書室を正面に見て進めばカメラには背中しか映らない。ただし、図書室へ近づきすぎれば入口のカメラが正面を捉《とら》える。だから二人は回廊に立つと、歩調を緩めて密談をした。

「……永久くんの監視役だったというんですか？　影人間は」

保は酷《ひど》いショックを受けた。

そう言われてみれば思い当たることがある。影人間のことを伝えようとして金子が同じ絵ばかり描くようになったのは、永久がここへ来てからだ。

「そうだったのか」

と、保は言った。自分ばかりか永久にも危険が迫ろうとは知る由もなかった。

「すぐにどうこうはないと思うんだ。あの子はまだ小さいし、もう少し時間がかかるだろう？　大人の臓器ドナーにするには」

死神女史は恐ろしいことを平然と言う。

保は、間違いに手を染めた最初の時のように、怒りで叫びたくなった。

愛や思い遣《や》りという価値観を持たない相手を止めるにはどうしたらいいか。考えて、考えて、罪を犯した。でも、またこんなふうに命を命と思わない相手と対峙《たいじ》すれば、堂々巡りが始まってしまう。そんな相手をどうしたらいいか。そういう相手の命もまた、等しい重さを持つのだろうかと。

「もうひとつ。影人間があんたを狙っているわけも、憶測ながら見えて来た」

時折吹く風は熱を孕《はら》んで、蟬の声が余計に暑さを感じさせる。中庭の実験用野菜は葉を丸め、倦《う》んだように項垂《うなだ》れている。そんな中でも赤々と日を照り返すトマトを眺めて女史が言う。

「殺人鬼佐藤都夜の脳みそが、ここで培養されてるね？」

それは保も知っている。

「脳科学者が殺されたあと、あれがどうなったか調べて欲しい。金子未来の部屋ならば、監視映像を見られるはずだよ」

「わかりました」と、保は答えた。

「もしも脳みそがまだ生きていたら、なんとかして殺さなきゃならない。奴らは組成をコピーして、生きた殺人兵器を作ろうとしている」

「え」

「あんたにそれをやらせるつもりだ。佐藤都夜は人を殺害することに罪悪感を抱かない。その部分を兵士の脳にコピーするつもりなんだよ」

保は一瞬息を呑《の》み、口を覆った。

「ほーらほら。その様子だと、不可能じゃないと思っているね？」

「待って下さい。理論的に可能だというのと、実際に可能であるのとは別です。結果を出すまでに何人の犠牲が出るか」

「例えば死刑囚、例えば捕虜、例えば脳に疾患を持つ患者……兵士予備軍はどこからでも調達できる。倫理観さえ取っ払えばね」

女史の言うとおりだった。

「あたしたちがしなきゃならないことは三つだ。ひとつ、都夜の脳みそを葬ってデータを破壊すること。ふたつ、あの少年を隠すこと。みっつ」

女史は横目で保を睨《にら》んだ。

「あんたの正体を知られないこと」

それから、「大丈夫かい？」と、優しく訊《き》いた。

「いえ……え……ああ、大丈夫。ぼくは大丈夫です、ぼくは。それより」

保は一呼吸分だけ足を止め、中指でメガネを持ち上げた。

「それよりも、ぼくは博士のほうが大丈夫かと……そう思って心配していたのに」

「あたしが？　なぜだい？」

「サー・ジョージのことですよ。余命半年と聞かされて、ショックをお受けになったことでしょう」

　白衣のポケットに両手を突っ込み、死神女史は薄く笑った。

「ショックは受けたよ。彼が死ぬってこともだけど、もっとショックを受けたのは、今さらジョージが正気を取り戻したみたいに見えることさね。いっそのこと……ああ……でも、それも酷い話だね」

　真っ赤なトマトと紫のナスと、ツヤツヤした野菜の上をモンシロチョウが飛んでいる。一見長閑《のどか》な風景だけれど、ここの野菜にはどんな秘密があるかわからない。人間も、人生も、そのようなものかもしれないと女史は言う。

「考えたって仕方のないこと。死ぬとわかってジョージは正気を取り戻した。それだけが事実で、過去は変わらない。でも、まだできることはある。あたしは彼の研究データを引き継いで、彼が生まれて、生きて、よかったと、そう考える人を増やそうと思うよ」

「あの人を好きだったんですか？」

「はっ」

死神女史は鼻で嗤《わら》った。

「心理学者ってのは恐ろしいねえ……理屈じゃなく、どうしようもなく、惹《ひ》かれたときは確かにあったよ。子供もいたんだ……お腹の中で死んじゃったけどね」

サバサバした調子でそう言ってから、女史は保の瞳《ひとみ》を覗《のぞ》いた。

「好きになるのは止められない。地獄へ堕《お》ちるとわかっていても、その瞬間は止められないのさ。後悔するくらいならやめればいいと他人は言うけど、でも、そういう恋をしたって事実は、素晴らしいことだと思うんだよね」

比奈子のことを言われたようで、保は耳まで真っ赤になった。

「石上博士のほうが……カウンセラーみたいですね」

「違うよ、これは年の功。あたしみたいに死人ばっかり相手にしてたら、たまに会う人間に興味が湧くのさ。それだけのこと」

ジョージの事はお願いね。と、死神女史は頭を下げた。

「少年については早めに手を打つことにする。安全な受け入れ先を探して移動させるか、逃げた影人間の正体をつきとめて、二度とここへ入れなくするか、組織を壊滅させるかだけど……また連絡するよ。藤堂比奈子も、あんたの仲間も、みんなで手を尽くしているから」

あんたの仲間。と、人殺しの保に女史は言う。保は胸が熱くなる。

ぼくは生きてもいいのだろうか。それでも、ぼくのせいで奴らが暗躍するのなら、生きてはいけないのではなかろうか。話し終える頃には図書室の扉が近づいて来た。天井の監視カメラが回廊の様子を映している。

「サー・ジョージとの定期面談をスケジュールに組んで、ぼくから経過を連絡します。博士は彼の身元引受人ですからね」

図書室の前で握手を交わし、保は図書室へ入って行った。

女史はそのまま中庭を抜け、裏手からロビーへ戻って外へ出た。植栽も高木もない庭を抜ける時、茶色い蝉が鳴きながら飛んで行くのが見えた。鳴くのか飛ぶのか、どちらかにすればいいのにと思いつつ、

「大声で泣けるあんたは幸せだよね」

と、死神女史は呟《つぶや》いた。

死神女史と保が密談しているとき、永久はボディファームでスサナを探していた。午前中に来た時は、なぜかどこにもいなかったからだ。またシャワーを浴びているの

かと、永久は金子の部屋へ確認に行ったが、金子が見せてくれたのは早朝にセンターを出たスサナの姿だった。

いつも白衣を着ているスサナは、鮮やかなブルーのシャツに白いスカートを穿《は》いていた。長い黒髪を風になびかせ、検閲所の門を入ったところで画面から消えた。

モニターを見た永久は、やっぱりスサナは怪しいと思った。

疑いの発端は、彼女が金子にプレゼントしたUSBメモリだ。金子のデスクの下に隠れて、永久はやりとりを聞いていたのだ。あの時は、そう。たまには部屋を出た方がいいとか、ランチに行ってフライドポテトを食べようとか、そんな話をするついでにUSBメモリを置いた。金子は何も喋《しゃべ》らないが、スサナのUSBを使うことを頑《かたく》なに拒んで、それで永久は気が付いたのだ。ウィルスが仕込まれているのではないかと。

スサナは戻って来たろうか。外で誰と会い、何をしてきたのだろうか。

ハイビスカスの植え込みを過ぎ、ボディファームの入口に立つ。そこにはいつも静寂があって、物言わぬ住人たちがくつろいでいる。

永久はスサナを嫌いじゃなかった。腐りかけの死体に平然と向き合う女性などいるはずがないと思っていたのに、スサナは死体に触れてデータを取り、死体を名前で呼んでいた。親しい者のように会話して、眼窩《がんか》から湧き出す虫をシャーレに取った。穢《けが》れたもの、想像してはいけないといわれたもの、近寄ってはいけない、考えてもいけない、忌むべきといわれつづけてきたものに囲まれて研究を続けるスサナは驚きであり、憧《あこが》れでもあった。でも、タモツの敵なら話は別だ。

「スサナ、ハイ！　スサナ、どこ？」

流れる水や、人がぶら下がった木や、穴や、農機具や、そういうものへ永久は呼びかける。すると、屋内観察室のほうで声がした。

「こっちよ、二階の浴室」

いた。

ニヤリと笑って、永久はポケットに手を入れた。滑らかで小さく、冷たいものが手に触れる。セイウチの牙《きば》で作った彫刻だ。スサナが出て来ないので、人工の川に沿って進み、屋内観察室へ向かった。ボディファームには屋外と屋内のほか、特殊な状況の小部屋があって、それぞれの状況下で人体がどのように腐敗するかを調べている。

ロッキングチェアに座るタカコの脇をすり抜けて、永久は内部の階段を上った。

スサナが単に浴室と呼ぶのは、二階フロアに複数並ぶバスタブのことだ。そこには服やスウェットスーツを着た人や、裸の人、体に傷のある人、ない人などが、別々の湯船に沈められている。沈んだばかりの人もいれば、すでに体がふやけて溶けて、風船のように水面を覆ってしまった人もいる。スサナは彼らの写真を撮って、タブレットに記入しながら検査用のサンプルを採取していた。

「うわあー、溶けたマシュマロみたいになってるね」

骨とその他が剝離《はくり》してしまった遺体を見て永久が言うと、

「ホントそう」

と、スサナは答えた。白衣の下に着ているものは、今朝センターを出て行ったときと同じブルーのシャツだ。

「午前中も来たんだよ。でもスサナ、いなかったね」

「大学へ行ってたよ。どうして？　なにか用だった？」

永久は注意深くスサナの顔色を観察したが、嘘を言っているようには見えない。

「私のデータは色々な大学が活用してるからね。これ程の規模をもつボディファームは他にないから、日本では」

「ふーん」

永久が気のない返事をすると、スサナはようやく死体から目を離して振り向いた。

「それで？　質問に答える気はないの？　なにか用？」

子供らしく半歩後ずさり、永久は悪戯《いたずら》っぽい顔でスサナを見た。返事をするつもりはあるけれど、簡単には明かさないという顔だ。スサナは大袈裟《おおげさ》に眉《まゆ》をひそめて首を傾げた。一瞬の間を読み取って、永久はポケットから拳《こぶし》を引き抜く。

「あのね、ぼく、セイウチの牙をもらったんだよ。前にスサナは、人の大腿骨《だいたいこつ》をくれたでしょ？　だから、お礼にね、ぼく、牙で脾臓《ひぞう》を作ったの」

「ヒゾウ？」

「spleen」

英語で答えて渡すと、スサナは感嘆の声をあげた。不完全恐怖という障害を持つ永久は、精緻《せいち》で美しいラインの彫刻を作る。滑らかで見事な曲線の脾臓は手のひらにコロンと載る小ささで、一部に切れ目が入っている。

「驚いた……ホントに脾臓ね。滑らかで、美しい」

スサナはタブレットを床に置き、切れ目の部分を指でなぞった。

「どうしてここが切れてるの」

「ナイショ」

背中で手を組み、永久は言う。子供らしく、純真な素振りで。

スサナは切れ目を引っ張った。

「アメージング！　脾臓はケースで、メモリが内蔵されているのね。よくこんな細工を……日本人には驚かされるわ。トワが作ったの？　これ全部」

「そうだよ」

「すごい……USBメモリはどうしたの？」

「ナイショだよ」

スサナはじっと永久を見たが、永久は表情を崩さない。

「タモツのね？」

「それもナイショ」

「盗んだの？」

とたんに永久は、心から傷ついたという顔をした。

「そんなことしないよ。ちゃんともらったんだよ。もらっていい？　って聞いてから」

……スサナはそれ、要らないの？　要らないのなら」

怒ったように伸ばした手から、USBをスサナは守った。

「ごめんごめん。嬉《うれ》しいよ。ただ、大切なデータが入ったままだと、タモツが困ると思ったの。承諾したならオッケーだから」

「タモツはちっとも困らない。全然、まったく困らないから」

拗《す》ねたように言うと、スサナはようやく微笑んだ。

「トワは元々すごい子だけど、手先も器用だなんて知らなかった。いつか、すごいものを作る人になるかもね」

「すごいものって？」

スサナは永久の頭に手を置いて、考える素振りで宙を仰いだ。

「んー、想像できないくらいすごいもの……だから答えられないね」

「あ。それ、ずるい」

そう言って、永久は笑った。

「おあいこ」

と言って、スサナも笑った。

「じゃ、ぼく、おやつを食べに行ってくる。今日はタモツを手伝ったから、おやつを二回食べてもいいんだよ。コットンスノーキャンディを食べるんだ」

「オーケイ。私もイチゴが好きよ。あと、これ、大切にするね」

二重の意味で嬉しくなって、スキップしながら浴室を出た。フロアの出口で振り返ると、スサナが手を振っていた。

ミッションを果たしたぞ。それに、一度も嘘を吐かなかった。

永久は心で呟《つぶや》きながら、腐敗臭漂う屋内施設を抜け出した。

第五章　猟奇犯罪捜査班

数日後の午後八時。

比奈子は八王子西署の刑事課で書類業務に追われていた。スヴェートの影を追いつつも日々の業務が止まることはないし、この夏は特に暑さで亡くなる人が多かった。どこそこの地区で人が死んでいる。どこそこで人が倒れている。そういう入電がくるたびに、交番や機動捜査隊に連絡し、時に刑事が飛んで行く。場合によっては鑑識が入り、遺体の状況を確認して、事件でなければ書類を作る。知り合いを探して話を聞いて、家族に連絡する仕事もあった。

大きな事件が起きない限り、刑事は定時に仕事を終える。それでもここ数ヶ月、厚田班は誰ひとり定時に署を出なかった。独身者の多い厚田班ではあるが、妻帯者の清水と片岡さえ九時近くまで署に残って調べ物をしている。厚田班は今、スヴェートがらみで過去に起こった事件をはじめ、様々な点を線でつないでミシェルを炙《あぶ》り出そうとしているのだった。

「ちーっす」

全員がデスクに貼り付いている刑事課に、軽妙な声を掛けて入って来た者がいる。同時に、香ばしい香りがした。

「東海林じゃないか」

清水の声で顔を上げると、大きな紙袋を抱えた東海林が立っていた。

「お疲れさんっす。差し入れ持って来ましたよっと」

東海林は先《ま》ずガンさんに袋を見せて、応接テーブルにバサリと置いた。

「もしかして太鼓焼きですか？」

匂いだけで、比奈子にはわかった。太鼓焼きは八王子西界隈《かいわい》で古くから愛されている今川《いまがわ》焼きの別称で、小豆《あずき》と野菜、二種類のあんがある。

「そそ。藤堂、お茶淹《い》れてくれね？　外は暑いけど、熱いお茶。俺、これが食べたくてさあ、佐和《さわ》ちゃんに電話して、焼いておいてもらったんだよね。ハルトって言ったっけ？　太鼓屋のガキ。すっかりでっかくなっちゃったのな。ビックリだわ」

東海林はガンさんが来るのを待って、紙袋をビリビリ破いた。まだ湯気の出る太鼓焼きと一緒に、美味《おい》しそうな香りが溢《あふ》れ出す。

「あ、じゃ、お茶ならぼくが」

御子柴は率先して席を立ったが、

「ちょ、ま」

と、東海林が止めた。

「すまん新人。頼むから今日は藤堂のお茶を飲ませてくれや。俺のモチベーションをアップするためにも」

「失礼な。本庁の赤バッジ様がなに言ってるんですか。ぼくだってお茶ぐらい淹れられますよ」

御子柴が意地になって給湯室へ消えたので、比奈子も後をついて行った。

「あー……行っちまったよ……俺のお茶……」

東海林はガックリ項垂《うなだ》れた。

「残念だったなあ。御子柴のお茶はクッソマズいぞ」

強面《こわもて》で口の悪い片岡が最初に来て、太鼓焼きの前に座った。

「せっかくだから休憩しようや。清水、倉島」

ガンさんは作業中の清水と倉島を呼び寄せた。こうして東海林が所轄のデスクに来てみると、御子柴を加えたというだけで、厚田班は以前と何ら変わらないようにも思われる。給湯室で御子柴がきちんとお湯を沸かすのをチェックしながら、比奈子は胸の奥がほっこりした。

「藤堂、三木と月岡も呼んできてやれ。資料室で千葉県警のデータをまとめているはずだから」

「はい」

と比奈子は給湯室を出掛かって、御子柴を振り返り、

「沸騰したお湯をすぐ急須《きゅうす》に入れちゃダメよ？　ヤカンを振って、冷ましてからね」

と忠告する。

お茶なんか飲めりゃいいでしょと御子柴は思っているので、なかなか上達しないのだった。

「何度も言われなくてもわかってますよ」

御子柴が下唇を突き出したので、

「チェックするわよ」

と、比奈子も返した。

いつも完璧《かんぺき》でなくていいけれど、美味しいものを美味しく提供する心構えを学んで欲しい。そうした積み重ねが、ご遺体や証拠や証言者たちを丁寧に扱うことにつなが

るからだ。捜査は刑事だけでは立ちゆかない。民間人の協力を得る上で大切なのは、相手の心に踏み入る力だ。新人に課されるお茶当番は、その基本的な鍛錬である。

数分後には、厚田班のブースに三木と真紀《まき》がやって来た。

「これは本庁捜査一課の東海林刑事」

三木は恭しく頭を下げて、

「お土産が太鼓焼きとは、やりますな」

太鼓焼きの真ん前に陣取った。その後ろへ椅子を引いてきて、控えめに真紀が座る。

「ちなみに、清水刑事が持ち帰った湯飲み茶碗《ちゃわん》を調べてみましたが」

三木は真紀に茶碗を返させた。年季の入った湯飲み茶碗が新品のように磨かれている。死神女史から返すようにと言われていたので、比奈子がそれを預かった。

「念の為、月岡くんと手分けして二度確認しましたので、見落としはないと思われますが、一連の事件で一致する指紋はありませんでした」

「スサナはスサナ本人としてセンターに登録しているから、指紋の偽装はしていないはず。死神女史の言うとおり、犯罪歴はなかったのね」

指揮者であるガンさんを見て比奈子は言った。

ならばスサナは、何のためにセンターへ送り込まれてきたのだろう。

「みなさーん、お茶が入りましたよー」

必要以上に大きな声で宣《のたま》いながら、御子柴がお茶を運んで来た。

比奈子にガミガミ言われたお茶は美味しく入り、ふて腐れ気味だった東海林をして「旨《うま》いじゃんか」と言わしめた。

「やっぱさ、お茶が旨いとほっこりするよな。また頑張ろうって気になるっつーか」

「左様ですな」

と、三木も言う。美人の真紀から、

「やりますね御子柴さん」

と褒められた時は、御子柴もまんざらでもない顔をした。

太鼓焼きは売れ行きがよく、野菜あんも小豆あんも順調に消費されてゆき、

「お茶のおかわりくれや」

と、片岡がお盆に茶碗を載せたとき、御子柴は太鼓焼きを頬張りながら、

「え、おかわりですか？」

と、初めて困った顔をした。一杯目を美味しく淹れる方法は覚えたけれど、二杯目からはどうしていいかわからないのだ。比奈子と真紀は顔を見合わせ、今度は真紀が立っていった。急須にお湯を足して戻ってくると、みんなの茶碗にお茶を足す。

「それでいいんですか？」

目からウロコが落ちたという顔で、御子柴は呟《つぶや》いた。

「御子柴君は、臨機応変という言葉を学んだ方がいいよ」

野菜あんの太鼓焼きを食べながら倉島が笑う。なんだかんだといいながら、駆け出し刑事御子柴は、厚田班の水に馴染《なじ》みつつある。食べ終わるとガンさんは全員を応接テーブルの周りに集め、口元を拭《ぬぐ》って東海林を見た。

「さて東海林。先ずはごちそうさん。でも、太鼓焼きはついでだよな？」

ガンさんに訊《き》かれると、東海林は三個目の太鼓焼きを飲み下し、

「うす。その通りっす」

と、頷《うなず》いた。

「えらいことになってきたので報告に。ちょっと前に死神のオバサンから田中管理官に電話があったんすけど……」

自分のお茶を飲んだが足りず、東海林は隣にあった比奈子のお茶を勝手に飲んだ。

えっほん、と咳払《せきばら》いしてから、

「あそこのスタッフの唾液《だえき》から、児玉永久のＤＮＡが検出されたと」

無言で顔を見合わせたのは、スサナが死神女史に検体を持ち込んだ現場に居合わせ

た清水と比奈子だ。女史は即座にそれを鑑定にまわすと言った。スタッフの唾液とはそのことだ。

「つまりそれは、どういうことだ」

と、ガンさんが訊く。東海林は小指で頭を掻《か》いた。

「どうもこうも、そういうことだと思うんすよね」

「永久君のDNAを持っているのは、永久君本人と、彼のオリジナル」

「ミシェルだってことですな」三木は比奈子の言葉を続けて、

「いや、これは、鑑識課のブンザイで」と恐縮した。

「他のクローンってこともあるんじゃないですか？」

御子柴が疑問を挟むのを、

「それはないよ」と倉島がいなす。

「わかっている限り、クローン実験は同時期に複数の少女を母胎に行われた。成功例の児玉永久は現在十二歳。それ以前に成功例があったとしても、年齢はそう違わないはずで、スタッフに化けるには若すぎる」

「それに、ヒトのクローンってなぁ、先生の話じゃ、そう簡単に成功するもんでもないらしい。あの子が奇跡なんだとさ」

「そういうこと。だからこそ、組織は必死で少年を見張っているんだよ」

ガンさんに続いて清水も言うと、御子柴は瞳《ひとみ》をキラキラさせて前のめりになった。

「じゃ、やっぱり三木さんの言うとおり、センターにスヴェートのド……」

「声がでけえよ、俺の後釜《あとがま》」

東海林はペシンと御子柴の額を張った。ただ一人、黙々と太鼓焼きを貪《むさぼ》っていた片岡が、最後のひとくちを食べ終えて、指を舐《な》めてからお茶を飲み、

「そりゃあ……不味《まず》くないですか」

と、顔をしかめた。

「その通り。すっげーマズいと思うんすよね」

東海林は応接の背もたれに体を預けて足を組み、胸ポケットから捜査手帳を取り出した。ページをめくり、低い声で言う。

「今までの経緯《いきさつ》からみても、ミシェルは神出鬼没。自ら起こした殺人の鮮やかな手口といい、スピードといい、組織の殺し屋どもとは一線を画しています。被害者の自由を奪って最悪の恐怖を味わわせるとか、残忍性もさることながら、なんと言っても殺人に慣れている。そんな野郎が国内を闊歩《かっぽ》してるってのも恐怖だけど、自ら施設へ入り込んでいたと思うと、なんというか……キモチワルっ」

東海林は体を震わせた。

「あと都夜の脳ですが、そっちもまだ生きてるそうっすよ？　そもそも脳を生かして保存できるってのがすごいみたいで、他の学者が実験を引き継いでいるようだと。まあ、あれが作られた目的も、誰の脳かも知らないんだから無理ないっすけど、実験を引き継いだ科学者自身も、危険なんじゃないかと思うんすよね」

「中断してくれとは言えないんですか？」

「俺が？　言えるわけないだろ」

「東海林先輩が言わなくっても、田中管理官とか、死神女史とか」

「それは難しいだろうな。あそこは厚生労働省の管轄だしな。あれが佐藤都夜の脳みそであるという証拠もなけりゃ、危険な実験であるとも証明できん。そもそも、なぜ俺たちが脳のことを知っているかってぇ話になれば」

ガンさんは比奈子を見つめ、噛《か》んで含めるように言葉を継いだ。

「そこはデリケートな問題だ」

あそこに収監されている犯罪者らを守れなくなる可能性があると言いたいのだ。

そもそもセンターに犯罪者が収監されることになった経緯《いきさつ》を比奈子は知らない。警察トップと厚生労働省の間で密談が交わされたのか、誰かが裏技を使ったのか、種明かしをされれば『そんなことで』と思うのか。いずれにしても藪《やぶ》を突《つっ》いて蛇を出すような真似は慎まなければならないのだろう。

「東海林の話をまとめるとだな」

ガンさんは自分の顎《あご》を捻《ひね》りはじめた。

「ミシェル本人がセンターに潜り込んでる可能性が出てきたってことになる」

「トンズラこいた影野郎がそいつだったかもしれねえってことか」

「影野郎ではなく影人間がデフォですが、四人殺しの容赦のなさからしてみても、その可能性は否めませんな」

「なんで本人が自ら動いちゃってるんですかね？　組織のトップなのに」

御子柴の問いかけに、比奈子は、清水と交わした会話を思い出していた。

「自ら殺人を犯すことからしても、他人を信頼できない性格なのよ。たぶん腹心の部下でさえ、信用することができないんだわ」

比奈子は不完全恐怖という永久の障害を思い出した。心因的な障害もクローンは引き継ぐものなのだろうか。

「そこが組織の弱点だって清水刑事が。あとそれに、スサナとミシェルが直接会っていたのなら、監視カメラ映像を確認すればミシェルを特定できるんじゃ……」

「できるか？」

と、ガンさんが比奈子に訊いた。金子未来ならば、ボディファームの監視映像を引っ張り出せるかもしれない。

「やってみます」

比奈子は答え、それから東海林の顔を見て手帳を出した。

「東海林先輩。私たち、スヴェートがらみの犯行を、順を追ってまとめたんです」

落書きだらけのページをめくり、事件の経緯を読み上げる。

「最初の事件は約三十年前です。本庁で証拠品保管庫の管理をしていた警察官の一家が惨殺されて、血で描いた魔法円に置かれるという猟奇事件が起きました。警察官は保管庫から現金ほか身分証などを盗んで組織に流していた疑いがあり。一家惨殺は国内の工作員ルシフェルに力を誇示するためだったと思われています」

「どうもこの組織には、トップが力を見せつける慣習があるようですな。現場からは犯人のものと思《おぼ》しき血液が見つかっておったのですが、当時の技術では正確な鑑定ができませんでした。時は経ち、保管された血液サンプルを現代の技術で検証したら、第二の魔法円殺人事件の被害者のＤＮＡと一致した。そうですな？」

今度は真紀が頷いた。

「第二の魔法円殺人事件は十二年前です。犠牲になったのは歯科医師の一家と外国人が一名で、三十年前の魔法円殺人事件で採取された血液のDNAが、この外国人のものと一致しました。第一の事件の犯人か、少なくとも現場にいたということです」

「その外国人はエメという、フランス国籍の歯科医師だったよね？　歯科医院には、治療痕《こん》データを抹消しようと潜入していて、殺害された。プロファイラーの見立てでは、エメに組織を追われたミシェルが、エメが犯した魔法円殺人事件をなぞってエメを殺害。力を誇示して己がトップに登り詰めたのだろうと」

清水に続いて、倉島も言う。

「そこから血の粛清が始まったんでしたね」

倉島は真紀のほうを向き、続きを頼むとジェスチャーで示した。真紀は千葉県警の要請で、牧場跡地で発見された夥《おびただ》しい骨の鑑定準備を手伝ってきたからだ。

「血の粛清の犠牲者たちは、千葉の牧場跡地で見つかりました。個人の特定はまだ終わっていませんが、粛清されたと思しき組織の幹部、エメ亡き後ミシェルが加速させたバイオ実験の被害者や、クローン実験の犠牲になった母子の骨などが含まれていました。千葉県警は千葉大の協力を得て特定を急いでいます」

「そもそもが、勝手にクローン実験をしたことでエメの顰蹙《ひんしゅく》を買ったんだったな」

ガンさんは忌々しげに自分のお茶を飲み干した。

「SFの世界が今ここに……って感じですよね。オソロシイなあ」

腕組みをして御子柴が言う。倉島は三本指でメガネを直した。

「そんな時代だということですよ。倫理を捨てて探究すれば、科学者は神を信じるようになると聞きます。土から人を創るのも、肋骨《ろっこつ》から女を創るのも、理論上は可能だそうですからね」

「話を戻そうや」と、ガンさんは言った。

「ここまではいいか？　そういう奴らのやり口を、俺たちはずっと見てきたな」

全員が頷《うなず》くと、ガンさんは姿勢を正した。

「そして昨年末だ。自警会が出資する病院が襲撃されて、入院中の受刑者が皆殺しになった。実行犯は組織に躍らされたチンピラだったが、騒ぎに便乗して奴らが真に狙っていたのは、同じ病院に入院していた脳科学者だ」

ガンさんは比奈子と東海林を順繰りに見ると、やがて比奈子に目を留めて、ため息をついた。思い切るようなため息だった。

「おまえたちには話しておくが」

覚悟を決める数秒間を、比奈子はガンさんからもらったと思った。

息を吸い、ゆっくり吐いて、ポケットの七味缶は握らなかった。この先は自分で闘うしかないのだと、比奈子は自分に言い聞かせていた。

ガンさんは比奈子から目を逸《そ》らし、片岡から順繰りに猟奇犯罪捜査班の面々を見た。それから上唇をちょっと舐《な》めて、打ち明けた。

「実はな、あの病院には天才科学者が入院していることになってたんだよ」

一同がそれぞれの頭で当時のことを思い出している。処理するように殺された受刑者たち。血まみれの病室や、戦場のようだった病院内部、現場にいた公安警察官、そして、そんな最中《さなか》でも立ち入りを許されなかった特殊病棟。

「もしや、スイッチを押す者……ですかな」

ハッとして三木が言い、ガンさんは頷いた。

「スイッチを押す者中島保は、敢《あ》えて中島ヤスシという名でな、田中管理官が入院手続きを行った。が、彼は危険人物だから、国は野放しにしておくことを恐れた。脳を操作した技術を悪用することを含め、その技術が悪意の第三者に流れることを恐れたんだよ」

「まさに恐れたとおりになっちまったってことですか」

片岡が訊《き》き、ガンさんは頷いた。

「そんな輩《やから》を、特殊病棟とはいえ、病院に置いておくのも厄介だからな。実際には別の場所で、国の監視下に置かれていたんだ」

「受刑者殺害はただのカムフラージュで、看護師や事務長は、スイッチを押す者の居場所を聞き出すために拷問されて、殺されていたってことですか」

倉島が言い、清水も片岡も一斉に比奈子を振り向いた。

勘のいい彼らは、すべてを悟ったようだった。

「藤堂を責めるなよ？」

と、ガンさんは言う。

「そうだったんですね。捜査に協力してくれていた犯罪心理プロファイラーって」

倉島に問われても、比奈子はじっと無言でいたが、

「あそこへは何も持ち込めないから、こいつの記憶力が必要だったってことなんす」

東海林が脇から比奈子を庇《かば》った。

「てめぇ東海林この野郎、おめえも知っていたのかよ」

「ちゃうって片岡さん。俺も最近、最近で、偶然っすから」

「すみませんでした」

比奈子は立ち上がって仲間たちに頭を下げた。

「野比先生を守るためにも口外できなかったんです。野比先生は『潜入』という手法を使って、ずっと捜査に協力してくれていました。犯した罪を償うために、精神を削って、犯人の心理を読み解いて、協力してくれていたんです。それに、私……」

「誇りと使命感を持って国家と国民に奉仕することが、警察官の使命ですからな」

三木が比奈子の言葉を遮る。目が合うと、三木は一瞬白い歯を見せた。

「僭越《せんえつ》ながら、わたくしが藤堂刑事でも、同じように秘密を守ったことでしょう。この誰でも同じだと思いますが、違いますかな、片岡刑事」

「別に藤堂を責めちゃいねえよ」

「まあ、それでだ」

ガンさんはポケットからガムを出し、一枚抜いて、残りを全部片岡に渡した。片岡も一枚抜いて倉島に渡し、倉島が清水に渡し、そして比奈子に回ってきたとき、残りは二枚になっていた。

比奈子はガムを半分に切って東海林に渡し、東海林は残り一枚を半分にして三木と真紀に渡した。御子柴の分がなかったが、片岡が自分のガムを御子柴に分けた。

黙々とガムを噛《か》んでから、ガンさんは先を続けた。

「病院襲撃事件が起きて、俺たちはようやくバイオテロを企《たくら》む組織が暗躍していること気が付いた。今年に入ると、魔法円殺人事件はさらに二件。ここ八王子と、日本《にほん》橋《ばし》で起きている。八王子で殺害されたのは二名。一人は病院襲撃事件に関わったスヴェートの殺し屋で、もう一人は警視庁公安部外事第三課所属の警察官だ。病院襲撃事件で公安に尻尾《しっぽ》を摑《つか》まれた殺し屋が公安もろとも口封じされたと俺は見ている。実行犯は別件で逮捕したが、拘置所内で自殺。真相は闇の中だ。日本橋で殺害されたのは三名。たまたま現場に居合わせた警察官、スヴェートに潜入捜査していた元公安警察官、葵組《あおいぐみ》を名乗って死体処理を請け負っていた会社の社長。十二年前の歯科医師一家殺害事件と同様の手口からして、ミシェルの犯行だろうと思う」

「そのミシェルのDNAがセンターから出た。と」

倉島が話をまとめた。

「DNAのサンプルを持ち込んだのは、スサナという晩期死体現象の研究者ですが、彼女は死神女史と親しくて、捜査に協力してもらったこともあります。突然女史を訪ねて来て、保険として検体を預かって欲しいと言った。特筆すべきは彼女もルシフェルらしいということ。影人間と同じマイクロチップが首に埋め込まれているんです」

「ミシェルってえのは、とんでもねえ野郎だな。部下の首には殺人チップ、イチモツに入れ墨、正体がばれそうになれば、部下でも容赦なく殺す。俺は神も仏も信じねえほうだが、悪魔だけは信じそうな気分だぜ。んでなにか？　終末を早めて新しい世界を創るのが目的だってか？　ふざけやがって」

片岡は顔をどす黒くして口角から泡を飛ばした。

「俺にはガキがいるからよ。そんな奴らがのさばる世の中で、安心して子育てなんかできねえぞ。で？　東海林は結局、何をしに来たんだよ」

「つーか、田中管理官が俺をここへ寄《よ》こしたのが、その答えだと思うんす」

ガンさんは黙ってガムを噛んでいる。何かを深く考えているようだった。

「いいっすか、片岡さん。問題は、あそこが特殊な場所だってことなんっすよ。警察官でございと簡単に出入りはできない。でも逆に、そういう場所だからまだ、スイッチを押す者が守られているともいえる」

「でも、ミシェルは出入りしてるじゃないですか」

御子柴が真理をつくと、

「ホントそこな」

と、東海林は人差し指を御子柴に向けた。

比奈子は補足説明しておかなければと思った。

「幸い、野比先生があそこにいることは、まだ知られていないんです。センターにはタモツで登録されて、カウンセリングスタッフということになっています。通称はタモツで、苗字《みようじ》の記載はなく、スヴェートが探す中島ヤスシと印象が被《かぶ》らないようにしてあるんです。影人間がセンターに侵入したのはミシェルのクローンである児玉永久を監視するためで、野比先生のことは知られていません。今はまだ」

「スサナという女に揺さぶりを掛けて、ミシェルを売らせるのはどうでしょう。保険をかけるくらいだから、彼女自身が危険を感じているわけだよね」

倉島が言う。

「だが、この前の件がある。気付かれてチップを破壊されたら、たった数秒で女は死ぬんだ。ミシェルが誰で、どこから見張っているか調べねえと、迂闊《うかつ》に近寄れば女の命を危険にさらすことになる」

ガンさんはさっきと同じ姿勢で呟《つぶや》いた。

「つまり、ミシェルの全容を解明するのが先だということですな」

「ちょっといいですか？」

御子柴が手を挙げた。誰も「いいぞ」と言わなかったが、彼は勝手に先を続ける。

「センターにあるっていう女殺人鬼の脳みそですけど、喋《しやべ》るんですよね？」

全員が比奈子を見たので、比奈子は答えざるを得なかった。

「脳はホログラムとつながっているのよ。だから、ホログラムの音声装置が……」

「喋るんですよね？」

と、御子柴は念を押す。

「たぶん」

比奈子は答えた。

「なら、脳みそに事情聴取したらどうですか？　ミシェルのことを知っているかもしれないし、少なくとも脳みそは野望実現のために必要なわけで、簡単に破棄できないと思うんですよね。まだ保存されていて喋れるのなら、話を聞けばいいじゃないですか。女研究者のように殺害される恐れはないわけだから」

全員が呆気《あっけ》にとられて御子柴を見た。

「え？　ぼく、なんかおかしなことを言いました？」

さらにしばらく静寂は続き、倉島がこう言った。

「御子柴君……やりますね」

御子柴はこっそり比奈子を振り返り、

「褒めたんですか？」

と、小さく訊《き》いた。

「どうだ。藤堂」

ガンさんが比奈子に訊《たず》ねる。比奈子は無意識にポケットの缶を握っていた。

「つなぎは先生につけてもらおう。都夜の脳みそが何をどのくらい語ってくれるかわからねえが、少なくとも女研究者の命は守れる。どうだ？」

金子にスタッフの姿を確認させて（それは比較的容易《たやす》いはずだ）、さらに脳みその都夜と話をする。比奈子は自分がやるべき事を、頭の中でトレースしてみた。

佐藤都夜は恐ろしい女だ。異様な姿になった今でも、己を逮捕した比奈子への怨《うら》みと復讐《ふくしゆう》心を持ち続けている。その彼女に聴取する？

比奈子は明確なビジョンを持ち得なかった。脳に名前を呼ばれたときの衝撃と恐怖。脳が脳だけにされた顚末《てんまつ》を考えると、都夜は以前にまして比奈子を呪っているだろう。そんな相手と、ましてや脳と、冷静に話ができる自信はない。でも、それでも、

「私は刑事です」

と、比奈子は言った。

「やってみます」

ガンさんは頷《うなず》いて、東海林を見た。

「だそうだ。東海林、ミッションを言え。ハッキリと」

鋭い眼光で睨《にら》まれて、東海林は背筋をピンと伸ばした。

「えー……あー……」

発声練習のように唸《うな》ってから、

「田中管理官は、きたねえんすよ」と、先《ま》ず言った。

「ミッションつうならわかります。でもね、命令はしないんす」

「いいから先を言え」

ガンさんはテーブルだけを見つめている。

「本庁の調べによると、影人間殺害に使用されたマイクロチップは、施設が犯罪者の管理に使っているものでした。開発会社のエンジニアが技術を横流ししていたんすよ。ちなみに四名が死んだ時、破壊指令はセンター内部で出された可能性が高いようで、それで、コントロールルームのメインコンピュータがハッキングされていないか、近々チェックすることになったって」

この意味がわかるかと、東海林は全員を見渡したが、口を開く者はいなかった。

「つまりっすね、その間は、セキュリティが若干緩くなるってことっす」

「何にしても、この状況で通常と違う動きがあるのは不味《まず》いよね」

清水が眉《まゆ》をひそめる。

「ま。今のところ児玉永久はセンターにいるし、奴らはスイッチを押す者のことも知らないわけだし、都夜の脳みそも安泰で……だからっすね、たぶん田中管理官が勝手に気付けよって言っているのは」

比奈子はハッと顔を上げた。

「永久君ね？　それと脳みそ」

「そ」

東海林は人差し指を比奈子に向けた。

「永久少年を秘密裏に保護し、都夜の脳みそを破壊しろって、暗に言ってる気がするんだよな」

「え……それをぼくらにけしかけてるの？」

清水は目を丸くした。

「鑑識課のブンザイながら敢《あ》えて言わせて頂きますと、ずるいですなあ。遠回しにそれを東海林刑事に伝えるなんざ、本庁管理官の風上にもおけません」

三木は腕組みをして、感慨深げに頭《かぶり》を振った。

「ただし、ブンザイ個人は密《ひそ》かに興奮しておるところです。これはなんと言いますか、スパイ大作戦のような展開とでも申しましょうか」

「つか、ぶっちゃけどうすりゃいいっすか。ガンさん」

　ガンさんは目を上げて東海林を睨んだ。

「ミシェルとかいう野郎を捕まえられればそれでよし。十二年前と今年、三つの魔法円殺人事件の犯人を挙げたことになる」

「そりゃ……そうっすけども」

「だが、それにはミシェルを特定しなくちゃならねえ」

「私が調べられると思います」

　ガンさんは比奈子を見た。

「どんな野郎かわかったとして、それからどうする？」

「映像が特定できたら、センターに問い合わせれば身元が判明するのでは？　あとは逮捕状を取って確保に向かう」

　倉島が言い、

「そこは田中管理官っすよ。あそこに顔が利くようだし」

　と、東海林が同意した。

「その前に脳みそだ。センターから持ち出せるのはデータだけだと聞いている。だから奴らも、脳みそ自体を持ち出すことは最初から考えていねえと思うんだ。脳の、何だったかな、組成のコピーが流出する前に、なんとかしねえと」

「データを発信されてしまったらアウトですよね。でも、目的が目的だから施設と回線を共有しているとは考えにくいし、独自のオンデマンド回線を有しているか、もしくは迂回《うかい》してデータを送っているのかもしれませんね。や、まてよ」

御子柴は考える。

「ネットワークは諸刃《もろは》の剣。それを知っていればこそ、もっと原始的な方法でデータをやりとりしているとも考えられますな」

御子柴に横から三木が言う。

「どういうことですか？」

比奈子が訊くと、三木より先に御子柴が答えた。

「ネットにつなげばデータは飛ばせるけど、逆にアタックされる可能性もあるってことです。だから原始的な方法で、例えばメモリに入れてやりとりするほうが安全なんですよ。手間はかかりますけどね」

「でも、センターからメモリは持ち出せないわ」

「建前はそうですが、裏技というのはどこにでもあるものですぞ。そもそも都夜の脳みそは、誰がセンターへ持ち込んだのですかな？」

「スサナです。永久君の話では、スサナが研究のために運んで来たと」

「彼女だけど、体に装置を入れてないかい？　人工股関節《こかんせつ》とか、ペースメーカーとか、そういうもの」

「わかりませんけど、なぜですか？」

清水は考え深げに「うん」と言った。

「あそこは出入りの際に逐一チェックがあるんだよね？　でも、体内に金属パーツを入れている人は多くて、そういうのは一度登録してしまえばスルーになるだろ？　で、パーツに機能を隠してさ、データをそこにコピーすれば、あとは外からアジトへネットで飛ばす。センターのチェックには引っかからないってことになる」

「確かにその手がありますな」

スサナの役割はそれなのだろうかと比奈子は思う。いつかそれをするために、早くからセンターに潜伏させられていたのだろうか。

「ああ、もう怖い」

と、真紀が悲鳴のように言う。

「そんなこと言ったら、何だってできちゃうってことじゃないですか」

「人間が考えた防犯を人間に破れん理由はねえってことだな、くそったれ」

ガンさんは包み紙にガムを吐き出すと、

「二班に分けるぞ」

と、全員を見た。

「ここで叩《たた》いておかねえと、取り返しがつかねえことになる。また木更津あたりの牧場に何十人も埋められちゃ、かなわねえ」

それどころか戦争が起きる可能性だってある。決して杞憂《きゆう》ではないはずだ。

「しかも事態は切迫している。スイッチを押す者があそこにいるのを知られたら、奴らはプロファイラーを奪取に来るぞ。犠牲者なんぞ関係なくな」

もちろんそうだと比奈子も思う。今までの手口からして、センターも、病院も、近隣住民の命もお構いなしに、奴らは襲って来るだろう。

「だが、田中管理官の目論見通りに、まさか所轄のこんな小さな班が嗅《か》ぎ回っているとは思うまい。しかもミシェルはのうのうとセンターをうろついている可能性があるときた。そこでだ」

ガンさんはポケットから捜査手帳を出すと、スヴェートがらみでメモしたページをビリビリ破いた。

「俺にも藤堂のような記憶力があればよかったが、今後の行動については記録を残すことを一切禁じる。各自頭に叩き込め」

捜査班の面々は視線を交わし、「わかりました」と、ガンさんに言った。

「三木もだぞ？　得意の大学ノートは捜査が終了してから書き付けてくれ」

「合点承知の助ですな」

三木は鼻からふんっと息を吐いた。ガンさんは続ける。

「相手はプロだ。誰かが襲われたとき、手帳からこちらの動きを知られては困る。清水、片岡」

「はい」と二人は返事をした。

「藤堂がセンタースタッフを探ったら、そいつの身元を洗ってくれ。三木、協力してくれるな？　月岡も」

「はっ」と三木は頭を下げて、

「わかりました」と月岡も言った。

「残るメンバーで脳みそを叩き、プロファイラーと少年を守る」

ガンさんは残りのメンバーを見渡した。それがみな独身者だったので、都夜を葬り去ろうとしていることが全員に伝わった。理由はどうあれ、国の施設で管理される貴重な研究材料に手を掛けるのだ。さらに死神女史の言葉を借りれば、脳だけとはいえ佐藤都夜は生きており、葬ることは殺人に等しい。妻帯者を省いたこと、捜査手帳にメモを残さないことも、せめて家庭を持つ者だけは守ろうという配慮なのだ。

「藤堂」

「はい」

「先《ま》ずは脳みそに会いに行く。組織について聞き出すぞ。東海林」

「うっす」

「藤堂についてセンターへ行け。おまえはそっち方面に詳しいからな、何がどうなって脳が生かされているかチェックしろ。センターのコンピュータをチェックする日付と時間も知りたい。どうやれば脳のデータを破壊できるのかも、俺にはとんとわからねえからな」

「つか、俺もあそこへ入れるんすか？」

「そのへんは先生に話しておく。協力してくれるはずだ」

「我々はどうしますか」

倉島がガンさんに訊《き》いた。横にいる御子柴も、指令を待ち望む顔をしている。

「二人には『忍《しのぶ》』で飛び回ってもらう」

ガンさんはそう言った。

『忍』とは、倉島の愛車、カワサキ・ニンジャZX9Rのことである。

「藤堂がスタッフを特定、清水らが正体を解明したら、裏付け捜査はおまえたちがやってくれ」

「望むところです」

倉島はニヤリと笑った。

「ただし、迂闊《うかつ》に手は出すなよ？　普通の犯人を逮捕するのとはわけが違うんだ」

「承知しました」

「とりあえず、明日《あした》、俺は藤堂を連れて、東海林と一緒に先生のところへ行ってくる。藤堂が情報を手に入れたら、各自最速で行動を起こせ。あと、御子柴」

「はい？」

御子柴は間の抜けた声を出した。

「おまえ、今夜は当番だったたな」

「そうですけど」

「署内に盗聴器が仕掛けられていないか調べといてくれ。万が一ってことがある」

「ぼく独りでですかぁ？」

御子柴は心細げな声を出し、

「なーんて、お安いご用です」

と、ニッコリ笑った。

「なんかゾクゾクしますよね。ホント、スパイ大作戦みたいで」

「俳優はスクリーンで死ぬだけだが、こっちはそうはいかねえぞ。気をつけてやれ」

ガンさんはいつになくドスの利いた声で念を押した。


翌早朝。アパートを出る前に、比奈子は七味の缶をピカピカに磨き上げてポケットに入れた。リビングに飾ってある母と友人の写真に手を合わせ、どうかみんなを守ってくださいと心で祈る。緊張か、恐怖からなのか、それとも大きな敵と対峙《たいじ》する興奮のせいか、瞑目《めいもく》しても二人の声は頭に浮かばず、ただ空白だけが脳裏を過ぎた。

「進むよ……私、刑事だから」

比奈子は写真に笑いかけ、アパートを出て署に向かった。

早朝にも拘《かか》わらず、厚田班の出勤は早かった。朝礼もせずに比奈子とガンさんは署を飛び出して、死神女史がいる東大へ向かった。東海林とは女史の研究室で落ち合うことになっている。目まぐるしく今後のことを考えて、ガンさんも比奈子も口数少なく、東大の駐車場へ車を駐《と》めてからようやく、比奈子はいつもの調子を取り戻した。

「ガンさん。ちょっとコンビニへ寄っていきますから先に行っていて下さい。ペパーミントガム買っておきますか？」

「おう。悪いな」

言われてガンさんも眉間《みけん》に刻んでいた縦皺《たてじわ》を伸ばした。

死神女史の研究室へは、可能であれば何か食べ物を買って行く。女史は仕事に夢中になると飲まず食わずでいることがあり、ガンさんも比奈子もそれを心配するからだ。キャンパスの入口で二手に分かれ、学内のコンビニで消化のよさそうなサンドイッチと飲み物を買って研究室へ行くと、ドアの奥で言い争う声が聞こえていた。

「忘れたんですかい、先生」

とガンさんが言う。

「手術の時、同意書にサインしたのは俺なんですぜ？　あんたが検査をすっぽかしたら、俺のところへ連絡が来るのは当然でしょうが」

「あー、もう、うるさい」

応酬するのは死神女史だ。

「なんだかんだ忙しいんだから仕方ないだろ？　あたしは仕事をしてるんだ」

「仕事仕事って、再発したら仕事どころじゃなくなるんですよ。とっとと検査に行ってください。それともなんです？　俺がついて行かなきゃダメですか」

「バカ言っちゃいけないよ」

何事か取り込んでいるようで、比奈子はどのタイミングでノックすればいいのかわからなくなった。そうかといって、聞き耳を立てているのも失礼な気がする。

「死んだ人間が大切なのもわかりますけどね、先生が検死できなくなったら、誰がしつこく、ねちっこく、遺体の声を聞くんです？」

「しつこくねちっこくは余計だよ」

「はあ？　ねちっこい検死官になるって言ったのはそっちでしょうが」

「執念深い検死官だよ。ねちっこいなんて言ってない」

「なんだ藤堂、こんなところで何してる？」

突然東海林が声を掛けてきた。比奈子が言いあぐねていると、

「ちーっす」

東海林がノックもせずにドアを開け、入っていくので、成り行きで比奈子も後に続いた。向き合っていた女史とガンさんは、ばつの悪そうな顔で振り向いた。

「なんすか？　え？　なんか取り込み中だったとか」

東海林が呑気《のんき》に訊《たず》ねると、死神女史はパソコンに向かい、ガンさんはひとつしかない窓を開けた。

「ん？　俺、なんかした？」

東海林は比奈子に訊いてきた。

「簡単な朝食を仕入れて来ました。それと、飲み物と」

場の雰囲気が微妙だったので、比奈子は打ち合わせ用テーブルを片付けて、そこにコンビニの袋を載せた。ガンさんと女史にはブラックコーヒー、自分用にはアイスココア、東海林はたしか微糖タイプのコーヒーが好みだったと思う。サンドイッチと菓子パンは、それぞれが好みで手を出せるようにした。

「気が利くじゃん」

と、東海林は言って、ガンさんや女史より先に自分好みのコーヒーを取った。

「先生もどうぞ」

比奈子に言われて女史はようやく、足で椅子を漕《こ》いでそばに来た。目の下のたるみが深くなり、いつもよりずっと疲れた顔だ。それを見下ろすガンさんも、当然ながら心配そうな表情である。

「なんすか、先生はお疲れっすか？　いつもより迫力ないっすね」

空気を読まない東海林はクリームパンを自分に引き寄せ、栄養バランスのよさそうなサンドイッチを死神女史に手渡した。

「これでも喰《く》って元気出してくださいよ。ま、俺が買ってきたわけじゃないけども」

「相変わらずだね木偶《でく》の坊。こないだちょっと見直したのは撤回するよ」

女史は笑ってサンドイッチの封を切り、

「田中管理官から聞いたかい？　ＤＮＡのこと」

と、誰にともなく問いかけた。

「俺が説明に行きました。ゆうべの晩に」

「だから二人をここへ呼んだんじゃないですか。緊急事態ですからね」

ガンさんはブラックコーヒーをひとつ女史の前に置き、自分も別のコーヒーを取った。女史はサンドイッチにかぶりつき、コーヒーを飲みながらこう言った。

「マズい……本当に、マズいことになっちまう。早いとこ奴らを止めないと」

「そのために来たんです。藤堂をセンターに行かせて、脳みそと話をさせたいんですがね」

死神女史は食べ続け、二つめのサンドイッチを引き寄せた。

「もっとゆっくり食べないと」

ガンさんが忠告すると、少しだけ咀嚼《そしゃく》のスピードを落としたけれど、食べながら何事か考えているようで、その先を喋《しゃべ》り始めない。

仕方がないので比奈子らも、黙々と朝食を消費した。

「脳みそから話を聞くなんてさ……とんでもないことを考えておくれだねえ」

サンドイッチを食べ終えてしまうと、ようやく女史はそう言った。空になったパッケージは、ガンさんがまとめてゴミ箱に捨てる。

「脳みその部屋に入れるように、調整してもらいたいんですがねえ」

「わかった。スサナに連絡してみるよ」

あっさり言うので、

「大丈夫ですかい？」

と、ガンさんは訝《いぶか》った。

「その女はルシフェルかもしれないんでしょうが。それなのに」

「だからこそ、通常と違う動き方をするのはマズい。こっちが色々勘付いているって、向こうはまだ知らないんだからさ。あの脳を研究材料としてセンターへ持ち込んだのはスサナだよ。調べてみたら、陽の光科学技術研究振興財団を通じて全米科学アカデミーが提供したことになっていた。スサナの出身がそこだからね。手続き上、怪しいところは何もない、真っ白だ」

「スサナには、なんて話すんですか？」

死神女史は比奈子に向けて白い歯を見せた。

「あたしとあんたは毒物学者のラボへ行ったとき、偶然あれを見てるよね？　その様子はセンターの監視映像にも残っている。だから、水槽で培養されていた脳に興味を持ったとしても不思議じゃない。あたしたちは法医学者と、その助手だから。後学のために見学させてくれないかとスサナに頼めば、厭《いや》とは言えない。スサナは研究者の一人に過ぎないし、あれは大学や国立病院に情報提供するための施設なんだし」

「東海林を一緒に行かせたいんですがね」

ガンさんが言うと、女史は東海林をジロジロ眺め、

「それは無理じゃないかい」と言った。

「え、なんでっすか？」

「警部補もだけど、あんたも刑事臭がプンプンするよ。せっかくお嬢ちゃんを大学へ呼んでさ、スサナにあたしの助手だって見せつけたのに、木偶の坊がこの娘《こ》と一緒にいたら、警戒させるだけだと思うんだけどね。敵の黒幕がどこに潜んでいるかもわか

らない状態じゃ、こっちも最大限に注意しないと、スサナが消されかねないよ」

「ふむぅ」

ガンさんは東海林を見直し、

「そりゃまあ、確かにそうかもな」

と言った。

「そんじゃ、どうするってんですか？　早くしないと脳みそのデータが外へ洩《も》れちゃいますよ、もう手遅れかもしれないっすけど……それに、ガキとプロファイラーをどうやって守ればいいんすか」

「脳みそのほうはあたしも急ぐよ」

女史はそう言って立ち上がり、スサナ本人に電話を掛けた。収監者ではないスサナとは、意外にあっさり連絡が取れるらしい。女史は普通に見学を要請し、スサナは調整後に折り返すと言って電話を切った。

「たぶん見学できるはず。あたしが一緒に行って、科学者たちの注意を逸《そ》らす。お嬢ちゃんが脳みそと話している間はね」

「お願いします」

と、比奈子は言った。東海林が一緒でないのは残念だが、考えてみれば脳科学者のブースはともかく、金子や永久を東海林に会わせることは無理かもしれない。特に金子は自閉症があるし、比奈子ですら話に聞くばかりなのだから。

「中島医師も独自に予防線を張っていてね、この間、あの子を変態法医昆虫学者に会わせてきたよ」

女史はチラリとガンさんを見た。

「万が一の場合に逃げ込める場所を確保しようとしてるんだ。少年を外へ出す前に何かあったら困るから」

変態法医昆虫学者ジョージのラボを思い出し、比奈子は思わず眉根《まゆね》を寄せた。

「あの部屋へですか？　永久君を」

「そう。不思議なことに、事情が少々変わってね。サー・ジョージは、至極まともになっていた」

「至極まとも？　そりゃ、どういう意味ですよ」

女史はガンさんのほうへ体を向けた。

「あまり長くはもたなそうだ。末期癌だってさ。余命は半年」

「え。あいつがですか？」

肯定する代わりに、女史は比奈子と東海林に目を向けた。

「死の宣告が、マムの呪いから彼を解き放ったんだ。ジョージは今、長年の研究データをまとめている。自分が生きていた証《あかし》にね」

それでだったんですね。

比奈子は心の中で思った。だからそんな顔をして、一気にやつれてしまったんですね。ジョージと女史の間には一筋縄ではいかない確執があると知っていたけど、それでも、女史は少なからずショックを受けたのだ。そしておそらくガンさんも。

ガンさんは言葉を失って、痛ましそうに女史を見ている。

「残念ながら、優秀な頭脳を失うよ。学問は継承者を育てることが大切なのにさ」

「そりゃまあ、なんと言ったらいいか」

「こういうことがあるたび思い知る。時間には限りがあって、やるべき事を後回しにはできないんだって。科学はそう遠くないうちに奴らの望む域に達するだろう。けれど、野望のためにそれはさせない。厚田警部補、あたしはね、思うんだ。警部補とあたしが出会ったのはさ、この時のためだったんじゃないのかなって」

「なんすか？　え？」

二人の間に漂う何かに、東海林は気圧《けお》されたようだった。

この時のため？　と比奈子は思い、昨夜ガンさんに感じた覚悟を、死神女史にも見たと思った。死神女史とガンさんとサー・ジョージ。遠い昔、三人の間に何があったのか、比奈子はそれを知らないが、少なくとも彼らは比奈子など計り知れない深さでもって、人生の同じ時間を共有してきたのだろう。

プルル。プルル。と呼び出し音がどこかで鳴った。

「そんな話をしていたら、電話だよ」

死神女史は電話を取って数言《すうこと》話し、

「早速に悪いねぇ」

と、電話を切った。

「スサナからだ。都合がつき次第来てくれってさ。脳の状態がよくないから、見学するなら早いほうがいいと」

「どういうことですよ」

「アシル・クロードが死んで、脳を生かしておくのに不備が生じたか、組成のコピーが完了したから生かしておく必要がなくなったのか」

「大変じゃないっすか」

東海林が呟《つぶや》く。

「話は後だ。センターへ向かうぞ」

ガンさんはそう言って、女史と比奈子らを追い立てた。

比奈子と東海林を後部座席に、死神女史を助手席に乗せて、ガンさんが東大の駐車場を出発した頃、スサナはボディファームの地下室で膨大なサンプルを眺めていた。ファームは地上の屋外農場と、屋内の経過観察室、さらに地下実験室からなるのだが、地下実験室の存在を知る者はほとんどいない。

ここに配属されたとき、スサナは晩期死体現象の施設として、最低でも野球場程度の敷地が欲しいと申し出た。様々な環境下で死体現象を観察するためだが、同時に氷点下や灼熱《しゃくねつ》など、特殊な状況を生み出す装置も配備する必要があったからだった。

センターは前身の病院地下室だった遺構の上にファームを作り、古い地下室をスサナに与えた。これにより、さほどの広さはないとはいえ、異なる環境を再現する装置の他に、スサナは独自の実験を行う空間を得ることができたのだった。

研究対象が劇毒物や生物ではなく死体であることも、その研究内容があくまで経過観察であることも好都合だった。屋外に数ヵ所、屋内棟にも数ヵ所ある監視カメラがスサナの地下室には二ヵ所しかなく、使用申請されなかった地下室の奥には、余った空間がそのまま遺棄されていたのである。

石上妙子はすぐに向かうと言ったから、一時間程度で着くだろう。彼女が来たら脳科学者に紹介して、即座にここへ戻って来よう。

スサナはそう考えていた。長い間沈黙していた組織が動きはじめたことで、早急にやらなければならないことができたのだった。

地下実験室の最奥に、スサナは脳を溜《た》めていた。それらは献体から摘出したもので、最速で劣化する臓器を保存する溶液の開発を組織に求められていたからだ。ファームに来るのは遺体ばかりで、新鮮な脳を持つ献体は少ない。それでも与えられた課題に立ち向かうのは面白かった。アカデミーの名を冠して生きた脳が持ち込まれたとき、スサナは激しい高揚と同時に自分の役目が終わったことを感じ取った。約束では、組織を離れて自由に生きる道が、報償として与えられるはずだった。

「小さいレディは大学にいた。ミクとは意志の疎通ができない」

溶液に浸して棚に並べた脳のサンプルを眺めつつ、スサナは独り言をいう。酷薄な声のスタッフがここへ来たとき、スサナは、組織は初めから約束を守る気などなかったのだと悟った。

スサナはエメの信奉者だった。エメには名前と身分と生きる場所を与えてもらったが、生き続けるためには新しい組織に服従しなければならなかった。

献体から取り出した脳を、スサナは処分しようとしている。新しい組織には最初から不安定さがあった。時に冷酷に大鉈《おおなた》を振るいながらも、過酷な状況下から多くの人間を救い出していたエメとは違う。エメの理想は虐げられる者が存在しない世界だったが、それを実現するための科学や知識を、そして組織を、ミシェルは狂気に使っている。懲罰としての殺戮《さつりく》はエメと同じでも、動機がまったく違うのだ。ミシェルが見つめているものは、彼の狂気が創り出す未来でしかない。

「一度には無理だから、一体ずつ運び出して土に埋めよう。固定してあるわけじゃないから、すぐに溶けるわ」

手近な一つを持ち上げてみた。常時遺体と接しているスサナには、脳など苦もない軽さであった。暗くなるのを待って処分するとして、蓄積したデータもパソコンから消しておくのがいいだろう。もしものことがあった場合に、自分とスヴェートの関係を知られたら、ここで献体になる夢が潰《つい》えてしまう。

何の気無しにポケットに手を入れ、永久がセイウチの牙《きば》で作ったという小さな脾臓《ひぞう》をつまみ出す。永久はタモツのUSBをもらったと言う。

中身は空か、それともタモツのデータが、入ったままになっているとか。

パソコンを立ち上げ、蓄積した水溶液のデータを呼び出した。それをフォルダに整理してから、スサナは膵臓のキャップを抜いて、接続口に差し込んだ。そのとたん、

――まばゆいばかりの日没が　金の光で目を射るけれど……――

プログレッシブ・ロックの曲が流れて、スサナはギョッと動きを止めた。

――視線を転じて見えるのはただ　星なき暗黒　死せる神の書――

反射的にＵＳＢを引き抜こうとしたが、辛うじて冷静を保って、強制終了させた。

「Damn it!」

思わず吐き捨て、頭を抱える。

いったい何が起きたのか。

センターの内情をチェックするため、データを漏洩《ろうえい》させるウィルスをＵＳＢに仕込んだのは自分じゃないか。それなのに……

スサナは永久の膵臓を床に捨て、スニーカーで踏みつけた。これがどうして少年の手に、タモツのものとして渡ったというのか。偶然なのか、故意なのか。スサナは髪を振り乱し、両手で髪を掻《か》き上げた。

まずいことになった。デスクトップのデータが、逆に金子に洩《も》れてしまった。それは間違いないだろう。ただし、彼がその内容を理解できるかは別問題だ。確かめに行

かなくてはならない。確かめて、洩れたデータを消去しないと。

スサナは時間を確かめて、もう一度汚い言葉を吐いた。

石上妙子がやって来る。データを消去するのはその後だ。


同じ頃。

薄暗い部屋の床に突っ伏して宿題をしていた永久は、珍しくも金子が椅子を回して振り向くのを目の端で捉《とら》えた。永久は毎日完璧《かんぺき》に保から与えられた課題をこなすが、保がいるカウンセリングルームの隣でやるよりも、金子の薄暗い部屋のほうが集中できて好きだった。一緒に同じ部屋にいるからといって、金子とはほとんど会話もしないのだが、それでも彼が近くにいると、永久は安心できるのだ。

寝そべった床から見えるのは、金子のデスクの裏側と、夥《おびただ》しいケーブルの束、金子本人の足だけだが、その足が自分に向いていたので顔を上げた。

「ミク、どうしたの？」

金子はやや俯《うつむ》き加減で、永久から視線を逸《そ》らしているが、問いかけると再びモニターに向き直った。永久は立ち上がってモニターを確認した。雪のようにコンピュータ言語が降る中に、一面だけ、見覚えのない画像が浮かんでいる。画像は英語で書かれたカルテのようだが、永久はその中に聞き覚えのある名前を見つけた。

「Takako.Ryozo. タカコとリョーゾウ……これ、スサナだ！　スサナのファイルだ」

永久は金子の肩に手を置くと、モニターを見上げて小躍りした。

「スサナがＵＳＢメモリを使ったんだよ。ほら、この前ミクに感染させようとしたヤツだ。これをしようとしていたんだね。ミクのパソコンにどんなデータが入っているか、盗み見ようとしていたんだ」

金子は何も答えなかったが、永久は少し考えてから、

「ねえ。これ、このデータ。コピーして、ぼくにちょうだい」

と、金子に頼んだ。

「そしたらタモツに調べてもらうよ。もしかして、影人間の弱点とかさ、スサナの正体がわかるかも」

「スサナ……正……体……」

金子は小さく呟いて、データをコピーしてくれた。新しいＵＳＢメモリをもらうとき、永久は金子の胸に七味缶ストラップがあるのを見て幸せな気分になった。

「ミクありがとう。タモツのチップを無力化するのもお願いね」

ほんの微《かす》かだが、金子が頷《うなず》いたように思う。永久はこの上ない戦利品を拳《こぶし》に握って、

金子の部屋を飛び出した。廊下を駆け抜け、エレベーターに飛び乗って、保と自分の部屋へ向かう。本当は施設内を走ってはいけないのに、この時ばかりは走らずにいられなかった。計画が的を射て、保に成果を示せるなんて。永久は自分に価値があることを、自分の力で示せたと思った。

ＴＡＭＯＴＳＵと書かれたドアの前で立ち止まり、呼吸を整え、握った拳に力を込める。カウンセリング中のこともあるから必ずノックをするように。そして大声を出さないようにと、保から厳しく言われている。永久は深呼吸して、ノックした。

「お待ちください」

保の声がして、ややあってからドアが開く。

「あれ、永久くん。もう宿題は終わったの？」

まんまるメガネで永久を見下ろし、保はいつも通りの穏やかな口調で訊《き》いた。

「宿題は途中だけど、タモツはいま、仕事中？」

保は室内に目をやって、それからドアを大きく開けた。カウンセリングルームの応接ソファには、二人の人が掛けている。首を伸ばして覗《のぞ》き込み、永久は、

「お姉ちゃん」

と、奇声を上げた。変声期が始まったので、時々妙な声が出る。

「それに死神博士も」

保そっちのけで室内に飛び込むと、永久は二人に頭を下げた。

「こんにちは」

「こんにちは」

と比奈子が答え、死神女史は微笑んだ。

「どうして来たの？　タモツに用事？」

「サー・ジョージの、その後の話を聞きたくてね」

女史が答えてくれたものの、永久は戦利品のことを伝えたくてウズウズしている。それでも監視カメラに記録されるこの場所でスサナの話をするのは危険だという、冷静な判断もできていた。永久は保を振り向いて、

「お話の途中でごめんなさい。でも、ぼく、タモツに大事な話があるんだけど」

言いながら、フェイクのメガネを外して見せた。普段はしないジェスチャーに、保は何かを感じたようだ。一瞬だけ永久の目を見ると、近寄って来て額に触れた。

「少しいいですか？」

腰を屈《かが》めて女史に訊く。

「かまわないよ」

と、女史は言い、比奈子を立たせて自分も立った。

保が永久を研究室へ移動させ、死神女史と比奈子も続く。妨害電波を発生できる研究室では会話を録音されにくいという情報を、四人はすでに共有していたからだった。カウンセリングルーム隣の研究室は無音だが、室内に入るなり保は比奈子と女史を振り向いて、低い声で、静かにゆっくり喋《しゃべ》った。

「この程度の声なら安全なので」

比奈子も女史も頷いた。永久はカメラの死角になる場所に立ち、拳を開いてUSBメモリを保に見せた。

「それはなに？」

「ミクにコピーしてもらったスサナのデータ」

「え。どういうこと？」

永久は人差し指で鼻をこすった。

「セイウチの骨で作った脾臓《ひぞう》をね、スサナにあげたんだ。スサナがそれをつないだから、データがミクに流れたの」

三人の大人は視線を交わした。

「脾臓のケースに入れたのは、スサナのUSBメモリなんだよ。スサナがそれをミクに渡して、でも、ミクは絶対に使おうとしなくて、だからぼくがもらったの」

「驚いた……」

死神女史が呟《つぶや》いた。

「あんたはそれにウィルスが仕込まれていると知ってたのかい？」

「ぼくじゃない。気付いたのはミクなんだ」

「……あんたたち二人はまったく……」

「これ、役に立つでしょう？　影人間をやっつけられる？」

保が無言で頭を撫《な》でると、永久はUSBメモリをそっと保のポケットに落とした。

女史と比奈子が視線を交わし、保はさらに深刻な顔をする。

「スサナは、自分のパソコンがウィルスに感染したと気付いたでしょうか？　永久くん……永久くんに危険が及ぶ恐れは」

「即座にそれはないと断言できるよ。でも、今後スサナが警戒するのは間違いないよ。少年は迂闊《うかつ》にボディファームへ近寄らないほうがいいかもね。スサナの正体も、役割も、まだわかっていないいんだしさ」

女史は言い、比奈子は動悸《どうき》が激しくなった。こんな緊張に長時間晒《さら》され続けるのはたまらない。早く事件を終わらせたいと比奈子は思い、急《せ》いては事をし損じるぞと、頭の中でガンさんに叱られた。

「カルテみたいなデータに、ボディファームの死体の名前が書いてあったよ」

得意満面に永久は言い、

「もしかして」

と、死神女史が呟いた。保はパソコンの前に行き、

「見てみましょうか」

と、メモリをつないだ。

「この前に集まるのはよくないです。そのままそこにいて下さい」

言いながらフォルダを開け、英文のデータをスクロールする。やがて、

「石上博士」

保は興奮を抑えられない声を出した。

「毒物学者の串田先生のデータがあります。死んだ脳科学者のデータも……名前、生年月日、経歴、家族構成、趣味や癖……たぶん、眼球と指紋を採取した人物の、個人データではないでしょうか」

「献体の個人情報ってことですか？」

比奈子が訊く。

「間違いない。献体から部位を盗むとき、その人物に成り代わりやすいように基本的な情報をピックアップしたんでしょう。つまり、このリストに名前があって、現在センターに出入りしている人物がいたら、それは影人間です」

「逃げた影人間は一人です」

「リストはもっと多いです。今後も複数の影人間を送り込むつもりだったかも」

「リストをあたしに送れるかい？」

「いえ。スサナが感染に気付いたとすれば、リストはすでにテキスト登録されているかもしれない。迂闊に送って検索されれば石上博士に危険が及ぶ……比奈子さん」

保は比奈子を振り向いた。

「あなたの記憶力なら」

澄み切った保の瞳《ひとみ》に、一瞬だけ比奈子は打ち抜かれた。この状況で愛だ恋だという気はないが、保の瞳のビジョンと合わせれば、何でも記憶できると思った。

「読み上げて下さい、やってみますから」

保は頷《うなず》いて、リストの名前と年齢、その他個人情報を読み上げた。右手の人差し指を動かして、太股《ふともも》に保の瞳を描きながら、比奈子はそれを暗記した。センターに出入りしている職員名簿と照らせば、影人間が判明する。

保と比奈子の共同作業を、永久は静かに見守っている。死神女史は永久に近づくと、ひそひそ話をするように囁《ささや》いた。

「あんたに、もうひとつ、やってもらいたいことがあるんだけどね」

永久は輝くような顔をした。創り上げた表情ではなくて、魂の底が光ったような表情だった。

「いいよ、なに？」

と訊《き》く声からも、この少年が如何《いか》に誰かの役に立ちたかったのか、如何に役割を欲していたのかが垣間《かいま》見えて、死神女史は胸を衝《つ》かれた。彼女は永久の目の高さまで腰を屈めると、自分の人生を託すかのような真剣さで、永久に頼んだ。

「あんたの友だちの部屋からは、監視映像が見られるだろう？」

「ミクのことだね？　見られるよ」

「そうしたら、ボディファームでスサナと接触したセンタースタッフがいないか調べて欲しいんだけれどねえ」

「いつからいつまで調べればいいの？」

「そうさねえ……」

女史はしばし考えて、

「中島医師。指紋と眼球が最後に運び出されたのはいつか、わかるかい？」

と、保に訊いた。保は複数のデータを行き来して、

「一週間ほど前ですね」と答えた。

「遺族の許《もと》へ返された遺骨が三体あります」

死神女史は永久を見て、ニヤリと笑った。

「聞いたかい？　影人間が死んでから、その日までの間だよ」

影人間殺害事件がスサナを動揺させたのは間違いないし、たたみ掛けるようにミシエルがスサナを煽《あお》ったのもその前後だろう。

「うん、わかった。それで、画像が手に入ったらどうすればいいの？」

「ぼくに届けて欲しいんだ。考えがあるから」

そう言うと、保は永久に手を伸ばし、握手するように小型のメモリチップを渡した。

「ここに画像を入れて来て。写真を持ち出せるように加工するから」

オッケーと永久は言い、即座に部屋を出ていった。

「大丈夫でしょうか、永久君は……危険な目に遭わないといいけど」

比奈子が心配そうに呟く脇で、死神女史は背伸びした。

「どんなに忌々しく思っても、あの子に手は出せないよ。なんたって彼はボスの命綱

なんだから……じゃ、あたしたちはスサナに会いに行かないと」

「お戻りになるまでに準備をしておきますね」

保は女史に微笑んだ。

「何の準備だい？」

「永久くんが画像を入手したとして、それをどうやって持ち出すか、ちょっと考えていたんです。スサナが永久くんを警戒すれば、当然ぼくにも関心が向くでしょうから、石上博士とのやりとりも今までどおりにしておかないと。関連データの送信は避けるべきだと考えます。でも、今はプリンターが進化したので」

保は研究室に並ぶ雑多な機器に目を落とす。

「皮膚に直接写真をプリントすればいい。だから機材を移動して、死角を作っておかないと」

やーれやれ。と、死神女史は鼻を鳴らした。

「とんでもない時代になったものだよ、まったく」

女史と一緒に部屋を出るとき、比奈子と保の視線が絡んだ。一緒に敵に立ち向かう時でさえ、二人は一緒にいられない。そしてその関係は、今後も変わることがない。コンマ何秒絡み合っただけの視線の裏で、比奈子はそんなことを思った。

センターのロビーでスサナを待つことしばし。いつものように大股《おおまた》で、いつものように髪を揺らして、艶《あで》やかに微笑みながらスサナは現れた。白衣の下に目の覚めるようなオレンジ色のチューブワンピースを着て、それが褐色の肌によく似合っていた。

「ハイ、タエコ」

スサナは右手を差し出して、女史が握ると、首を傾けて比奈子にも微笑みかけた。

「ハイ、ええと……」

「藤堂です。先日はどうも」

比奈子はペコリとお辞儀をした。スサナはいつもと変わらぬ様子だが、こちらが疑惑を持っているからか、それが却《かえ》って怪しいようにも思われる。視線に『職業』が現れないよう、比奈子はそっと俯《うつむ》いた。

「悪かったね。無理なお願いをしちゃってさ」

「ドンマイ。研究に興味を持ってもらえるのは嬉《うれ》しいことね。研究室、わかる？」

「たぶんね。串田先生の隣の部屋だったと記憶している」

死神女史が言うと、

「そうね、その部屋。バイオハザード棟のP2838だから」

スサナはニッコリ微笑んだ。

「エンジョイ、話は通してある。じゃ、私は忙しいから」

「感謝してるよ」

スサナはようやく握っていた手を離し、踵《きびす》を返して戻って行った。

「やれやれだ」

死神女史は自分の右手を揉《も》みながら、

「心理戦ってのは、ずっとやれといわれても無理だよね。握手で針が刺さるんじゃないかとヒヤヒヤしたよ」

聞こえるか聞こえないかの声でそう言った。比奈子も同じ恐怖を感じていたし、他人事《ひとごと》とも思えない。

バイオハザード棟へ行くのはこれが二度目だ。毒物学者の串田が影人間であるとわかった最初の時、二人は串田に化けたルシフェルを、センターの外へおびき出そうとしてそこを訪ねた。しかし正体がバレたと知られるや、影人間たちは殺された。緊急ボタンが押されて、すべての部屋のドアが開き、そして比奈子は、培養されていた都夜の脳を見たのだった。

バイオハザード棟へ向かいながら、その光景を生々しく思い出す。鳴り止まない警告音、点滅するライト、普段は静かなセンター内に響く怒号と緊迫した声。そして、

——……ナ……コ……ウ……ナ……トウドウ……ヒナ……コ……トウドウ……ヒナコ……トウドウヒナコ……トウドウ……ヒナ……——

呪いのように繰り返す、機械音と化した都夜の声。

「しっかりしなよ」

死神女史が囁《ささや》いた。

「大丈夫です」

刑事ですから、と言いたかったが、

「先生の助手ですから」

と、比奈子は言った。深く息を吸い、お腹にグッと力を入れると、いつもよりずっと大股で、比奈子は女史の後ろをついて行った。

バイオハザード棟のP2838にいたのは、険の抜けた顔をした初老の男性科学者だった。死神女史が素性を名乗り、比奈子を助手だと紹介すると、長い眉毛《まゆげ》の下で目を瞬《しばたた》き、友好的に二人を室内へ招き入れた。

「私は青砥《あおと》といいまして、まあ、臨時職員みたいなものですが、あれを見たときはビックリしましてねえ。今はただ、あれを生かしておくことのみで精一杯の有様でして……」

背中が曲がっているために白衣の前が長く垂れて、床につきそうになっている。ペタペタと鳴るサンダルの音を聞いていると、ここがセンターではなく、大学なのではないかと思ってしまう。アシル・クロードの後任となった脳科学者の青砥は、驚くほどの好々爺《こうこうや》だった。

「お忙しいのにお時間をいただいて恐縮です」

死神女史は頭を下げた。入口からさらに奥へ入ると、あの日のままに巨大な円筒形の水槽とホログラムを出現させるテーブルがあって、微細な泡の中に脳みそが浮いていた。比奈子の名を呼んだホログラムは出現していない。

「いやいや、かまいませんよ」

どうぞと言って、青砥は水槽に向いて立ち止まり、曲がった背中に腕を回した。水槽内の泡がわずかに揺れる。あたかも、脳が呼吸をしているようだ。

「すごい。こんなものは初めて見ました。まさか生きているんですか？」

銀縁メガネを持ち上げて、死神女史は水槽を覗《のぞ》き込む。比奈子は二人の後方にいたが、脳みそが自分を見ているように思えてならなかった。

「生きておるようですな。まあ、組織レベルで、ということですが、刺激を与えれば反応するし、電磁波にも乱れが生じます。驚くべきことです」

「もともとは、どなたが研究しておられたのです？」

「フランスの学者ですよ。事故で亡くなられたとかで、急遽《きゅうきょ》私が呼ばれましてね。何を目的として、どんな研究をしておったのか、何もわからないままに、代任の博士が来るまでのあいだ機械の管理をさせられています。石上先生のご質問にお答えできないのが心苦しいですが。これも」

　と、彼は脳みそを指した。

「いつまでこの状態を保てるかわかりませんで、見学されるなら早いほうがいいと申し上げた次第です」

「それはとんだご苦労を……私に何か、お役に立てることがあればいいのですが」

　女史はそう言いながら、徐々に水槽から離れて行った。

　これは何の装置ですかとか、あれはどういう役割をしているのですかと、次々に質問を浴びせながら、研究室の奥へ行く。巨大水槽の前には、比奈子だけが残された。

　まだ肉体を持っていた頃の佐藤都夜を、比奈子はよく覚えている。近所の子供たちから太鼓おばちゃんと呼ばれるほど太っていたが、若かりし頃は美貌《びぼう》のモデルだったという。彼女はかつての美貌を取り戻すべく、何人もの女性を殺してパーツを奪い、ボディスーツを縫っていた。自分のほうが似合うから、（被害者から）腕や足を奪ったのよと、平然と言い放ったときの恐ろしさ。彼女の脳を目にすると、あのざわつくような嫌悪感が蘇《よみがえ》ってくる。

「佐藤都夜」

比奈子は脳に呼びかけた。あの日ホログラムが喋《しゃべ》ったのは、幻だったのではと慄《おのの》きながら。

巨大な円筒形の水槽で、白く泡が沸き立った。泡はたちまち内部を隠し、脳がどんな状態なのか見えなくなった。脇にあるホログラム装置には、電磁波の波が出ているだけだ。やはり幻だったのか。比奈子は再度呼びかけた。

「私よ……藤堂よ」

その時だった。電磁波の波が激しく乱れ、ホログラムテーブルの中空に何かが浮かんだ。不確定ながらも脳と思《おぼ》しき立体映像だ。

──トウドウヒナコ──

蚊が鳴くほど微《かす》かな音量で、機械的な声がした。ドクンと心臓が跳ね上がったものの、比奈子は負けず、前に出た。

初めから恐れているなら戦えないという、清水の言葉を思い出しながら。

「あなたをそんな目に遭わせたのは誰？」

脳は答えた。蚊の鳴くような声で。

──オマエダ──

「それは違う。わかっているでしょ。誰なの？　言いなさい」

──カエセ　アレヲ　トルソーヲ──

佐藤都夜は生きている。そう思うと、意志とは無関係に鳥肌が立った。この世に存在してはならない邪悪なものが、まだ目の前に存在している。こんな姿で。

「トルソーは燃えた。二度と手に入らない」

都夜には決定的なひと言を、浴びせかけたつもりだった。ところが脳は、

──フフ……フフフ……──

と、奇声を上げた。

──ソンナモノ　モウ　イラナイノヨ　アタシハナンニダッテナレルンダカラ──

そんなもの、もう要らないのよ。あたしは何にだってなれるんだから。

機械音が、頭の中で、都夜の声になって聞こえる。

その気になれば、体型なんていつでも好きに変えられるんだもの……自由自在に変えられるのよ……その気になれば。

彼女はいつか比奈子に言った。疑いようもなく、これは都夜だ、あの殺人鬼は生きている。脳だけになっても、まだここに生きている。

比奈子はグッと拳《こぶし》を握り、都夜ならば何をどう捉《とら》え、どう考えるかをトレースした。そして彼女が質問に答えざるを得ないように、吐き捨てた。

「残念ね。脳だけのあなたに何ができるの？　おしまいよ」

ホログラムが激しく乱れ、水槽内部が沸き返る。そして都夜はこう言った。

――あたしは悪魔と契約したの。光る眼の悪魔とね。体は燃えたから捨てたのよ。トルソーなんかもういらない。あたしは、新しい体に、乗り換えるのだから――

電磁波のカーテンが明滅し、ホログラムテーブルに、再び脳が浮かびあがった。曖《あい》昧《まい》でわかりにくい像ではなく、皺《しわ》の細部までくっきり見える映像だった。

「永久君は……」

その瞬間、比奈子はミシェルの恐ろしい目的を理解した。

――あーははははは……――

凄《すさ》まじい声で都夜は笑った。蚊の鳴くような機械音とは一線を画す、ハウリングのような音だった。驚いた青砥が駆け戻ってくる。死神女史も一緒に来たが、沸き立つ水槽と中空に浮かぶ脳を見たとたん、二人は言葉を失った。

ホログラム装置は異音を発し、画像が乱れ、数秒後には停止した。水槽の気泡もやがて落ち着き、さらに数秒後には部屋に来た時と同じ状態に戻っていた。

「なんだい？　いったい、何が起きたの？」

青砥より先に女史が訊《たず》ねる。凍り付くように表情を強《こわ》ばらせていた比奈子は、女史と青砥の顔を見て、

「わかりません」

と、小さく答えた。培養液で生かされている脳の活動は限られるようだ。こちらの声が聞こえているのか、いないのか、今はただの標本のように沈黙している。

「青砥先生が生きていると仰《おつしや》ったので、声をかけてみたんです。そうしたら……」

「声をかけた？　脳みそに？」

青砥はパソコンの前に行き、脳波計を呼び出した。比奈子が言うとおり、わずか数分の間に脳波計は激しい数値を叩《たた》き出している。

「おお……これは……呼びかけに答えた……そんなことが……」

「呼びかけてみたことは、なかったんですか？」

比奈子が訊《き》くと、

「そりゃあ、きみ」

と、青砥は答えた。

「こんなものが声に反応するとは思わないからね。こりゃ驚いた、いや驚いた」

青砥は目の色を変えている。まったくね。と、死神女史は首をすくめた。

『大先生』なんて、そんなものさね。

比奈子には、女史の言葉が聞こえるようだった。


バイオハザード棟を出たところで、死神女史はもう一度訊いた。

「大丈夫かい？」

「私は大丈夫です。でも」

どこからカメラが見ているかわからないので、その先は言えない。比奈子が口ごもってしまったので、死神女史は髪を掻《か》き上げてから、俯《うつむ》いて別のことを呟《つぶや》いた。

「あたしはスサナに挨拶《あいさつ》してくる。筋を通しておかないと。いつもと違う行動は、しないほうがいいからね。そっちは中島医師のところへ戻ってさ、例のものを預かって来てくれないかい。三十分後にロビーで会おう」

「わかりました」

新しい体に乗り換えると都夜が言ったとき、電撃のように閃《ひらめ》いたミシェルの恐ろしい陰謀について触れないままに、二人はそれぞれの場所へ向かった。

比奈子が向かったのは保の部屋だ。エレベーターを出てフロアに立つと、ちょうどスタッフが一人、彼の部屋を出てゆくところだった。

表向きはカウンセラーである保の許《もと》へは、日々たくさんのクライアントが訪れるのだろう。細面で背の高い、しとやかそうな女性スタッフを見送りながら、比奈子は少し寂しくなった。保が有給臨床実務経験中の見習いとしてメンタルクリニックで働いていた頃も、彼を慕う患者は多かったと聞く。『野比先生』は患者のひとりがつけた渾名《あだな》だが、亡くなったその患者と入れ替わるように、比奈子は彼を野比先生と呼んできた。親しみを込めたその呼び名からも、人気の程が偲《しの》ばれる。もしもセンターの中でなら、保は誰かと結婚し、家庭を持つことが可能だろうか。

立ち止まっていたことに気が付いて、比奈子はペシペシと自分の頬を両手で叩いた。あたかも眠気を払うように。眠気よりずっと強い想いを払ってしまうかのように。

ノックすると声がして、保がドアを引き開けた。

比奈子と保は頭ひとつ分身長が違う。そして比奈子はドアが開くとき、保の瞳《ひとみ》の高さを無意識に見上げてしまう。視線が合うと、保は優しく微笑んだ。

「お待ちしていました。どうぞ」

誘われて中へ入ると、白いカウンセリングルームに間接照明が灯《とも》っていた。卵色の柔らかな光が保その人を想わせるようで、比奈子はいつも泣きたくなるが、そっと目を閉じて刑事に戻る。こういう仕事をしていなかったら、苦しさでどうにかなっていたかもしれないけれど、比奈子は自分の小さな背中にいつも、もっとずっと苦しい目に遭った人たちを背負っている。

「永久くんがみつけてくれました。当てはまるのは一名でした」

保は手短に言葉を継いで、

「準備をしたので、こちらへ」

と、研究室のドアを開けた。誰もいない。

「永久君は？」

「宿題中です。金子君の部屋で。最近はずっと二人で何かやっていて、ぼくは蚊帳《かや》の外に出されちゃって、秘密を教えてもらえないんです」

比奈子は思わず、

「大丈夫なんですか」

　と訊いてしまったが、保は白い歯を見せた。

「大丈夫。表情を見ていればわかります。彼は自信を身につけて、ゆっくり、でも目まぐるしく成長を始めているんです。行動範囲もだけど、他人との接し方も変わってきました。比奈子さんのカウチから卒業する日も、そう遠くないかもしれない」

「野比先生。どうか永久君を守って下さい」

　比奈子が言うと、保は怪訝《けげん》そうな表情をした。

「どうしました？」

「いえ……別に」

　さっき気付いた恐ろしいことを口にできずに、比奈子は保の脇を通って研究室へ入っていく。

「比奈子さんこそ大丈夫ですか？　顔色がよくないけれど」

「大丈夫です。見たものが衝撃的すぎただけですから」

　振り返ってニッコリ笑うと、保も微笑み返してくれた。それだけで比奈子は胸が苦しくなる。彼女は拳《こぶし》を握りしめ、刑事の自分を鼓舞し続けた。

　研究室はさっきと配置が変わっていた。監視カメラの死角になる場所を、保は広めに確保したらしい。入口ドアの脇に当たるスペースが畳半分程度空いている。居並ぶ機器のほとんどが稼動して、室内は機械音で溢《あふ》れていた。保はドアを閉め、空いたスペースに比奈子を立たせた。

「バッチリ顔が撮れました。センターの名簿と照らせば、誰が彼かわかるでしょう」

保は研究用のデスクに立つと、簡易スキャナに似た小さい機械を手に取った。

「ここの機材の幾つかは、LANではなく、敢《あ》えてケーブルでつないでいます。ケーブルはデータが洩《も》れないから。彼の顔を引き伸ばしたので、これを……」

手早く何かを操作しながら、

「では比奈子さん。服を脱いで下さい」

と、さらりと言った。

「え……?」

聞き違いをしたかと戸惑っていると、

「え?」

保も比奈子に聞き返し、そして突然、真っ赤になった。

「え、やだな。そういう意味で言ったわけでは……というか、あの、あのですね」

頭を掻こうと振り上げた腕が雑多な機械のケーブルに触れて、デスクのペンや電卓や、機材用の綿棒が転がり落ちる。比奈子と保は拾おうと慌てて屈《かが》み、しゃがんだ拍子に互いの額がコツンと当たった。

「いたっ」

同時に言って額をさすり、二人で思わず笑ってしまった。束の間の、心の底からの笑いだった。

「ここからは何も持ち出せないので、直接皮膚にプリントするしかないんです」

しゃがんだまま比奈子を見つめて、保はさっきと同じ説明をもう一度した。確かにそう聞いたけど、あまり深く考えてはいなかった。

「どこにするのがいいんでしょうか」

散らかったものを片付けながら訊《き》いてみた。

「腕の内側とかでは映像が曲がってしまいます。だから、なるべく平らな部分が望ましい。背中とか、お腹とか、画像が歪《ゆが》みにくい場所が」

それで服を脱げということになるわけか。

綿棒をまとめて保に渡し、比奈子は潔く立ち上がった。

「わかりました」

病院で医者に診せるのと同じことだわ。比奈子は自分を説得した。恋愛ごっこをしているわけじゃない。私たちは、恐ろしいスヴェートのドンを叩《たた》こうとしているのだ。

保に立たされた場所へ戻ってブラウスを脱いだ。どこが平らか、自分ではわからない。だから保が好ましいと思う場所に画像をプリントしてもらうしかない。保は機械を動かすと、パソコンから小型プリンターにデータを移した。

「キャミソールも脱ぎますか？」

「お願いします」

一度だけ肌を重ねたことがあるとはいえ、それはもう何年も前のことだ。今の二人は刑事と犯罪心理プロファイラー。共に犯人を追う同士に過ぎない。わかりきっていることを、比奈子は心で反芻《はんすう》する。ブラウスを脱ぎ、キャミソールを脱ぎ、それを手に持って壁際に立つと、比奈子は少しだけお腹を引っ込めて、

「準備できました」

と、保に言った。プリンターを手にした保は顔を上げ、直立不動の比奈子を見ると、ハッとしたように眉根《まゆね》を寄せた。無言で近寄り、比奈子の脇腹に目を落とす。そこには永久に刺された傷痕《きずあと》がケロイドになって残されていた。傷口は小さかったものの、傷ついた内臓を縫うために開腹手術を受けたのだ。

「永久くんに刺された痕ですね？」

保は跪《ひざまず》き、比奈子の傷口に手をかざした。その温《ぬく》もりが保の肌を思い出させる。心は変わることなくそばにあるのに、目を閉じれば昨日のことのように思い出せるのに、愛《いと》しさに壊れそうになりながら、保も同じ気持ちなのだと比奈子は感じた。それだけで今はいい。傷口にかざした手を上から押さえて、比奈子は傷痕だらけの保の手を自分の肌に押し当てた。

「そうです。でも、この傷は、私の勲章でもあるんです。野比先生が勲章にしてくれた。永久君を救ってくれたから」

毅然《きぜん》として微笑むと、

「いえ。まだです」

保はその手で比奈子の腹部を撫《な》でた。

「まだ脅威は去ってない。どうしても彼らを、止めないと」

あばら骨の下の窪《くぼ》みに手をやって、

「ここにしましょう」

と、保は言った。

「背中だと比奈子さんが自分で確認できないから。後でこれを写真に撮って、データを活用して下さい。プリントだからセンターの検閲には引っかからないけど、でも、少し熱いですよ。我慢して下さいね」

科学の進化は人類に何を与えたか。今後は何を与えていくのか。保が手にした小さな機械は、お茶が入ったマグカップほどの熱さでゆっくりと肌を過ぎていく。片手を比奈子のお腹に当てて、片手で機械を操作しながら、保は比奈子の体を見つめる。

比奈子は苦しくなって天井を見上げた。押さえ付けていた想いがほとばしり出て、涙が流れてしまいそうだった。自分は愚かで、バカだと思う。こんな時すら、これ程彼が恋しいなんて。

いたわるような保の手は機械よりずっと温かい。彼は丁寧に機械を操り、比奈子の肌に鮮明な画像を残した。インクが完全に乾くまでは数秒間。画像を見守る保の瞳《ひとみ》を、比奈子もじっと見つめ続けた。

それが過ぎると、保は比奈子の手から衣服を取って、着せかけてくれた。

「辛《つら》い思いをさせました。許して下さい」

一緒にブラウスのボタンを留めながら言う。顔が近いのでキスしてくれるかと思ったが、そうではなかった。許して下さいは、服を脱がせたことを指すのか、それとも他の意味なのか。比奈子は身支度を整えながら、

「いいえ。いいんです、もう……」

と答えた。何もかも捨てて、魂だけが抜け出して、保のそばにいたかった。

「私は刑事になりました」

すぐ目の前に保は立って、優しい顔で見下ろしてくる。澄み切って美しい瞳はあの頃と変わらず、はにかむような微笑みもまた、出会った頃のままに思える。どれほど彼を愛したろうか。今もどれほど求めているか。

でも、その胸に飛び込むことはもう二度とない。

泣くかのごとくに微笑んで、比奈子は保の部屋を後にした。

第六章　ミシェル・オン・永久

「これが噂のスタッフだって？　なんだかピンとこないなあ」

重々しい声で清水が言う。

その日の夜。猟奇犯罪捜査班の面々は、八王子西署の資料室に集まっていた。古いタイプのデスクトップパソコンに、三木が被疑者の写真を映し出している。三木は鑑識の仕事を真紀に任せて、スタッフの素性を探るべく、資料室へ赴いたのだった。

あの後、比奈子と死神女史は東海林とガンさんが待つ駐車場へ戻り、東大の一室で比奈子の体にプリントされた写真をデータにして持ち帰ったのだ。画像処理を施す時間もないので、拡大すると皮膚の肌理《きめ》がわかる写真である。それを仲間たちが見ていることが恥ずかしいので、比奈子はみんなの後ろに立っていた。

「どう見ても日本人ですなあ。しかもまだ若い。顔つきからして十代後半から二十代前半というところですかな」

幸い仲間たちはルシフェルの容姿に注目していて、プリントベースが何かを詮索《せんさく》しようとはしなかった。

「でも、こいつから永久少年と同じDNAが出ているんだよ？　それはちょっとおかしくないかい？」

清水は胸の前で腕を組む。

「たしかにそうですねえ」

と、倉島も言った。

「まず、十二年前に自分のクローンを作ろうとした人物がそんなに若いはずはない。少なくとも現在は三十歳を超えているはず。それに、永久少年に似ていません」

「何か間違ったんじゃねえのかよ」

片岡が比奈子を振り向いた。

「スサナと接触して遺骨を持ち出せたのは、今のところ彼だけです」

「死人の眼球を自分の目に入れて持ち出すとかは……厭《いや》ですもんねえ」

もっともらしく御子柴が言う。

「ところでガンさんは？　どうしたんですか」

八王子西署へ戻ってきたのは、比奈子と東海林だけだった。

「まだ死神女史のところです。おまえらだけ先に戻れという命令なので」

「なんつか、死神のオバサンと揉《も》めてるみたいなんすよね」

小指を耳に突っ込んで、指先についたカスを吹き飛ばしながら東海林が言う。

「揉めてるって、なんでだよ」

片岡が凄《すご》みのある顔をしたので、比奈子がその先を引き継いだ。

「個人的な事情だと思います。事件が忙しくて検診をすっぽかしていたようで、それでガンさんが、説得に残っているんじゃないかと」

「あー……そうかー」

清水は口を大きく開けた。

「ちゃんと検査しておかないと、再発してたら大変ですよ」

訳知り顔の御子柴は、片岡に怖い顔で睨《にら》まれた。

「んなこたぁ本人が一番よくわかってんだよ」

「片岡はそう言うけれど、死神女史もそう考えているかは微妙じゃないか。というか、彼女に何かあったら、大変なのはガンさんのほうでしょう」

清水がしみじみ呟《つぶや》いた。

「え？　なんでそうなるんですか？」

右へ左へ視線を振った御子柴に、クルリと椅子を向けながら、

「二人はもと夫婦なのですよ。しかも我らが睨んだところ、昔も今も相思相愛」

「え、うそ、え」

「やはりそうなりますなあ。御子柴刑事の反応は、ごく自然なものだと思います」

三木はそう言って、再び椅子をモニターに向けた。

「それでは手始めに、この顔を認証ソフトに掛けてみますかな」

「警視庁のデータベースと照合するってことだよね。そっちはぼくと片岡で手分けしよう。三木はもっとコアなところを調べてくれないか」

「コアなところと申しますのは」

「ネットだよ」

と、清水は言った。

「スタッフがセンターに現れた日の前後に限定すれば、もしかして、センター近くのどこかにいるのを確認できるかもしれないだろう？」

「たしかにそうですな。ざっと調べてみますかな」

パソコンが得意ではない片岡も資料室の椅子に座り、三人が作業を開始すると、

「ぼくも手伝います」

と、御子柴も身を乗り出した。その肩に手を置いて、倉島が止める。

「御子柴君。ぼくらは機動力部隊です」

「え、じゃ、何をするんですか」

「検索は徹夜になるでしょうから、とりあえず、夜食の調達に行きましょう」

「えーっ、またスーパーへ買い出しですか？」

ブツクサ言う御子柴の首根っこに手を掛けて、倉島は部屋を出ていった。

「藤堂は、少し休まなくていいのかよ？」

「平気です」

「ふーん」

と東海林は踵《きびす》を返し、頭を掻《か》きながら廊下へ出て行く。

その背中がなぜか寂しげに見えたので、気になって比奈子は追いかけた。署の裏口にある自販機とベンチだけの休憩スペースへ、東海林は真っ直ぐ歩いて行くと、ポケットから小銭を出して微糖の缶コーヒーをひとつ買い、取り出し口に手を入れて、追いかけてきた比奈子を振り向いた。

「なんか用かよ」

「いえ、別に」

「おまえも何か飲みたいの？」

比奈子はズボンのポケットに手を入れたが、センターへ行った後だったので、ハンカチすら入っていなかった。東海林はまた小銭を出して、比奈子の分を投入した。

「ごちそうさまです」

と言いながら、アイスココアのボタンを押した。

「相変わらずココアなんだ」

と東海林が笑う。

「今も七味を入れてんのかよ？」

「いえ……一頃よりは大分我慢できるようになりました」

「だよな？　痔《じ》になっちまうぞ」

プルトップを引き開けると、片手をポケットに突っ込んだまま、東海林は立ってコーヒーを飲んだ。その横で、比奈子もアイスココアを飲む。冷たさと甘さが相まって、今日一日の緊張が溶けだしていくような気持ちがした。

「藤堂さ……」

天井を仰いで東海林が言う。

「おまえ、あの先生に惚《ほ》れてんのかよ」

突然訊《き》かれて、喉《のど》を通りかけていたココアが気管に入り、比奈子は咽《む》せた。

「い、いきなり何を言ってるんですか。あの先生って」

東海林はふっと比奈子を見下ろし、

「わっかりやすい性格してんなー。そういうところ、昔とまったく変わってねえし」

と、おちゃらけた。

「は、ひ……」

何か言わなくちゃと思ったのだが、言葉にならずに声だけが出た。東海林は少し眉《まゆ》根《ね》を下げると、比奈子を見下ろしたままで缶コーヒーをゴクリと飲んだ。

「やっぱそうなのか」

「ちが」「安心しろって」

東海林は真剣な眼差《まなざ》しで、

「そっか、そうだよなー」

と呟いてから、比奈子の頭をポンポン撫《な》でた。

「そりゃまあ、あれだ……なんつか、おまえ……辛《つら》かったよな」

その瞬間。比奈子はどうしようもなく涙が溢《あふ》れた。

こんなことが起きるなんて、思ってもいなかった。それなのに、後から後から涙はポロポロと湧いて止まらず、玉のように頬を転がり、ブラウスに落ちて、床にも落ちた。東海林は何も言わずにコーヒーを飲み、そこへなぜかヘルメットを抱えた御子柴が通りかかって、

「あっ、捜査一課の東海林さんが、藤堂先輩を泣かしているーっ」

と叫んだ。

「バカ、ちげーわ！」

「じゃ、どうして泣いているんです？　何か失礼なことを言ったんでしょう。倉島せんぱーい、捜査一課の東海林さんが……」

「違うっつってんだろうがこのボケ、待てよ、をい」

東海林は御子柴を追いかけて行き、比奈子は腰からベンチに砕けた。体の中に水栓があって、それが壊れてしまったみたいだ。悲しいとか、マズいとか、バレてしまったとか、困るとか、そういう気持ちは不思議になかった。ただ東海林に言われた言葉が深く、深く、どこまでも深く、胸の内に滲《し》みていくような感覚だった。

——辛かったよな——

そうか。私は辛かったのだ。野比先生を愛することも、野比先生を愛せないことも、どちらもずっと辛かったのだ。手のひらでぬるくなっていくアイスココアを感じなが

ら、比奈子は涙の向こうに何かを見つけようとした。

——時間には限りがあって、やるべき事を後回しにはできないんだよ——

死神女史はそう言った。

二度と野比先生と結ばれることはないけれど、同じ目的の為になら、私たちは闘える。死神女史とガンさんのように、私たちも、なれるかもしれない。

比奈子はゴシゴシ涙を拭《ふ》くと、アイスココアを飲み干して、仲間たちが待つ資料室へ戻って行った。


同じ頃。保は図書室を管理する老人の許《もと》を訪ねていた。

二十四時間閉まることのない図書室で、天井に届くほど高い書架に梯子《はしご》を立てて、鍵師と呼ばれる管理人が、書物の背表紙をなぞっている。高い場所にある本は呼び鈴を鳴らして彼を呼び、下ろしてもらうスタッフがほとんどだが、保は決して呼び鈴を押さず、自ら鍵師を探して歩く。

かつては伝説の金庫破りと賞賛されながらも、切り落とした指二本と一緒に人生を捨てた男を犬のように呼ばないことは、保なりの流儀で、ポリシーだった。

鍵師は二列目の棚にとりかかり、やがて一冊の本の前で動きを止めた。中指と人差し指がなくなっているので、親指と薬指に挟んで本を引き出す。痩《や》せた体に細長い手足、蜘蛛《くも》のように梯子を下りてきた鍵師は、首を傾けて保を奥へと誘った。

図書室にはいつも人がいる。ここで研究する者たちは、時間や行動、常識などに世間一般の感覚を適用しない。興が乗れば休まず働き続けるし、集中力が切れればいつでも休む。調べたいことがあれば時間に関係なく図書室へ来るし、腹が減ったら食事の時間という具合だ。紙のページをめくる音、時折聞こえる咳払《せきばら》い、静けさがしんしんと降り積もる図書室を、保は鍵師について行く。

連れて行かれたのは簡易製本された書籍を保管する部屋で、論文や設計図などが置かれている。鍵師だけが出入りするこの部屋には、傷んだ書籍や、図面を修復するためのテーブルがあり、様々な道具が置かれている。

鍵師は道具を片付けて、そこに持って来た書籍を置いた。それは二つ折りになった大型本サイズのケースに入って、背表紙に『ＥＮＣＹＣＬＯＰＥＤＩＡ』と刻印された書籍であったが、開くと本ではなくて青焼きの設計図面が入っていた。

「……ここの……設計図だ……」

フィゴが風を吹き出すような、掠《かす》れた声で鍵師は言った。注意深く聞かないと、何を喋《しゃべ》っているのか聞き取りにくい声である。

「こんなものを……調べて、どうするつもりだ……？」

保は図面をケースから出してテーブルに置き、躯体《くたい》施工図が出てきたところで、書類をめくる手を止めた。

「ここは特殊な建物ですから、知られていない部屋があるのではないかと思ってるんです。建築当初と使い方が変わって封印された空間とかが」

鍵師はふふんと鼻を鳴らした。

「たしかに……建築当初を知る者は……すでに……いないのかもしれん……この図面の存在を……知る者もない……今、先生が見ている図面は……幻さ」

「感謝します」と保は言った。

「……あの娘は元気かね……」

それが比奈子を指すことは、訊かずともわかっていた。比奈子は保と同じ態度で鍵師と接し、壁紙のシミのように生きていた彼の瞳《ひとみ》に光を灯《とも》した。

「元気です」

とだけ保は答え、図面の一枚をテーブルに広げた。

「バイオハザード棟の階段下に空間がある。ごく狭い……なんだろう」

「……不測の事態が起きた場合……の……武器庫だよ」

保は驚いて顔を上げた。

「センターに武器がある？」

「当然だろう」

と、鍵師は答えた。

「何も持ち込めないから……予《あらかじ》め……準備した。ナンバー式ロック……番号は……警備員だけが知る……古いタイプだ……固定ナンバーの……」

「実際に使われたことはあるんですか？」

「……有事に備えて……お守りみたいなものだろう」

保はまた図面をめくった。

「何を探す」

「わからないんです」

正直に保は答えた。

「あなたはもう、気付いていると思います。ここは決して安全じゃない。かつて愚か者の妄想劇と呼ばれたバイオテロを、本気で企《たくら》む組織が暗躍しているんです。彼らは認証システムを偽造して施設に入り込んでいた。科学者が何人か死んだのもそのせいです。ぼくは、ぼくが預かっている少年を、守らなくちゃならないから」

「安全なところなど……どこにもない……さ」

言いながら、鍵師は勝手に図面をめくった。

ひとかたまりの図面の下に変色した紙があり、それは青焼き図面よりもさらに古い計画図のようだった。手描きの敷地図面には破線で既存建物らしきものが描かれて、センター自体が、元あった建物を壊して新しく建てられたものだとわかる。最初の建物はボディファームのあたりにあったが、今、そこにはトタン屋根の屋外施設と、スサナの経過観察室が造られている。

「ここに……もとの病院が……あった」

「今はセンター前にある総合病院ですね。病院だけは、元からここにあったのか」

鍵師は頷《うなず》く。

「……地下部分は……残されている……ようだ」

「ボディファームの地下にですか？」

鍵師はまた頷いた。そうか。やはり秘密のスペースはあったのだ。けれどそこにはスサナがいる。彼女が敵か、味方なのか、保にはまだ判断がつかない。

「その地下室は、どこかにつながっているんですか？」

「……わからんな」

保はさらに調べたが、永久が身を隠す秘密の場所を見つけることはできなかった。

逡巡《しゅんじゅん》していると誰かがベルを鳴らして、鍵師は部屋を出ていった。

考えろ。諦《あきら》めずに考えろ。

独り資料室に残されて、保は薄く唇を噛《か》む。永久くんをミシェルの部品にはさせない。もう誰も、理不尽に殺させない。

保は傷だらけの手のひらを見た。まだ生々しく比奈子の肌の滑らかさと、温かさの記憶が残る手だ。彼はその手をギュッと握って、比奈子の記憶を追い出した。

保がスイッチを押す者だったとき、その手に指輪をはめていた。指輪は特殊なレーザーを照射して、脳の深部に腫瘍《しゅよう》を形成する装置であった。

はたしてミシェルは快楽殺人者か。あれを使えば、快楽殺人者は殺人を犯せない。殺人を悦《よろこ》びと感じたとたん、殺意が自分に向くからだ。二度と使わないと誓って壊した指輪。けれど、またそれを作ったら、ミシェルを殲滅《せんめつ》できるだろうか。

――タモツはそうならないよ――

破滅の夢を見た瞬間、永久の声が聞こえた気がした。

――だってタモツは優しいもん。優しくって強いもん――

そうじゃない。そうじゃないんだ。と、保は喘《あえ》ぐ。ぼくは間違いばっかりだ。何をやってもドジばかり。ぼくは、こんなに、弱くて、不甲斐《ふがい》なくって……

「どうすればいい？　どうすればいいんだ」

利己的な正義感に駆られて惨劇のきっかけを作ったのはぼくだ。そのせいで無関係の人が殺されて、今もまだ、多くの命を危険にさらしているなんて。

保は深く項垂《うなだ》れて、自分の無力さに打ちひしがれた。

草木も眠る丑三《うしみ》つ時。八王子西署の資料室には、パソコンだけでなく人員までもが増えていた。倉島と御子柴がタンデムで夜食を買い込んで来たあと、空きスペースに自前のノートパソコンを持ち込んで、御子柴も、倉島も、東海林も、スタッフの顔認証を手伝い始めたからだった。新たに検索に加わった御子柴は、田中管理官から提供されたボディファームの献体までを認証ソフトに掛けている。

そして結局、比奈子が給湯室で夜食用のお茶を沸かしていた。

――トンでもねえうまさだぜ！　信州ポーク――

「はい。藤堂です」

着メロに気付いてスマホを出すと、ガンさんの声がした。

「俺だ。これから戻るが、そっちはどうだ」

比奈子はシュンシュンと湯気を噴き出すヤカンを止めた。

「いま、総出でスタッフの顔を警視庁のデータベースと照合しています」

「前科《マエ》はありそうか」

「まだわかりません。犯罪者リストだけでなく行方不明者や家出人リストも確認していますし、センタースタッフ、研究者、献体、それと三木捜査官に致っては、ライブ配信しているカメラ映像まで見ていますから」

「こっちもな、先生が田中管理官に連絡して、おまえが暗記してきたスタッフの名簿を確認したぞ」

「それで？　どうでしたか？」

ガンさんは「うーん」と唸《うな》った。

「驚くことに、全員が生存していることになっていたそうだ」

「そんな……」

「ボディファームで献体になった人物については、その後の確認作業が難しいからな。生前とは容貌《ようぼう》が変わってしまうし、骨だけになっているのもあるし。だが、名簿が手に入ったからには、奴らの思い通りにはさせん。早速メインコントロール室のデータを書き換えるそうだ」

「では、例のスタッフは？」

「名簿写真を確認したが、あの顔のスタッフは登録されていなかった。顔ではなく虹《こう》彩《さい》と指紋のシステムだからな。顔が違っても問題はないわけだ」

そう言ってからガンさんは、

「メシはどうした」

と、比奈子に訊《き》いた。

「倉島先輩と御子柴君が買い出しに行ってくれたので、これから夜食を出すところです。ガンさんの分もありますよ」

「俺はいい」

その声に何かを感じ取って、比奈子は訊いた。

「何かあったんですか？　もしかして死神女史に」

「ああ……あのな……」

ガンさんは言葉を切って、

「ったく、あの頑固ババアは」

と、ため息をついた。

「頑固ジジィは聞きますが、頑固ババアは初めて聞きます」

「検査に行こうとしやがらねえ。今はそれどころじゃねえってさ。気持ちはわかるが、再発してたらことだしな。まあいいや。交替で仮眠を取るよう言ってくれ」

「それと、御子柴君が調べたところ、署内に盗聴器はなかったそうです。あと、ガンさんに聞いて欲しいことが……都夜と話したときに思ったことがあるんですけど」

「わかった」

と、ガンさんは言って電話を切った。

カルキ抜きしたお湯を適温に冷ましてお茶を淹《い》れ、ついでにブラックコーヒーもいくつか淹れて、比奈子は資料室へ持っていった。仲間たちは次々にお茶を取り、用意した菓子パンやおにぎりを咥《くわ》えて作業に戻った。パソコンデスクで飲食をしない三木や御子柴も、この時ばかりはモニターを睨《にら》み付けながら、立って夜食を頬張った。刻一刻と過ぎる時間が、未《いま》だ雲を摑《つか》むようなスヴェートのバイオテロを秒読みしているように思えて、誰もみな、生きた心地がしないのだ。

殺人鬼の脳を活用する以外にも企《たくら》みがあるのかも知れず、何よりミシェルの実像を摑めないのが不気味だった。ようやく浮かんだスタッフは若い日本人であり、年齢的にも、見た目にも、プロファイルとは一致しない。無言でモニターを睨む仲間たちの後ろで、ゴミや茶碗《ちゃわん》を片付けながら、比奈子は祈るような気持ちでいた。

「あっ」

片岡がデスクで寝落ちした頃に、東海林が小さな叫びを上げた。

「てか、おい、見つけたぞ。こいつじゃないすか」

「おっ」

ほぼ同時に、三木もモニターをフリーズさせた。

「なんですか？」

と、立ち上がったのは倉島で、背筋を伸ばしながら東海林のそばへ行く。御子柴も清水も席を立った。

「三木さん、先にいいっすか」

東海林は三木にそう訊《たず》ね、パソコン画面をみんなに向けた。確かに、比奈子がセンターから持ち帰ったスタッフの顔写真が映し出されている。

「阿部《あべ》昌明《まさあき》二十二歳。何者ですか？」

と、倉島が訊く。

「犯罪歴じゃなくて捜索願が出ていたんすよ」

「捜索願って……？」

清水が寄って来てデータを調べ、

「本当だ。七月上旬に家族から捜索願が出されているね」

と、言う。即座に御子柴がキーを叩《たた》いて、警視庁の届出書類を検索した。

「阿部昌明二十二歳は、友人と肝試しに行くと言って家を出たまま行方不明になっていますね。ちなみに友人の捜索願は……これかな？　仕事仲間の男性一名、女性一名……三人が三人とも行方不明になっているようです」

「その一名がセンターのスタッフだった？　妙ですね」

クールな声で倉島が呟《つぶや》く。

「もう一つ奇妙なことがありまして」

三木はキャスター付きの椅子を蹴《け》って後ろへ下がり、デスクトップパソコンのモニターをみんなが見られるようにした。

「これを見てもらえませんかな？」

それは俯瞰《ふかん》からどこかの屋内通路を映した不鮮明な画像であった。通路に置かれた長椅子の前を、一人の男性が移動していく。帽子をかぶり、リュックを背負った男性は、たしかに阿部という青年に似ている。三木によるとライブカメラの映像らしい。

「こちらは、ワイフが小河内ダムで亡くなった永田清士さんの足取りを追う中で、入手した映像なのですが、ふと閃《ひらめ》いて確認してみたところ、このようなものが映っておった次第でして」

「どういうこと？」

比奈子が訊くと、三木は静止画像を巻き戻し、数秒間の動画を呼び出した。

「前回、死亡していたはずの永田さんが、吉祥寺駅でワイフと鉢合わせたカラクリを解くためには、その後の足取りを追うのがよかろうという話が出ましたな？」

「そんな話をしたような気もするねえ」

清水が言うと、三木は動画をスタートさせた。

「そこで我らがキジョたちは、付近の映像をしらみつぶしに検索してですな」

モニターには、永田清士が通路の奥へ消えていく画《え》が映っていた。

「同じショッピングモールのライブカメラです。長椅子にいる子連れ家族がブログに残したもので、これには永田清士らしき人物がトイレへ消えていく姿が残されておりますが、この動画を最後に、モール付近の監視映像、ブログやSNSなどにアップされた動画、その他様々を探しても、彼を捉《とら》えることができなくなっておったのです。ところが」

ここを見て下さいと三木は言って、動画の一部を拡大表示した。永田清士が消えてしばらく。長椅子に座る家族の前を、トイレから出てきた男が横切っていく。さっきの動画だ。

「これです」

三木は動画をストップさせた。

「阿部昌明……阿部昌明に見えますね」

「なーに言っちゃってんですか、藤堂先輩」

御子柴は比奈子の脇からモニターを覗《のぞ》き、それから三木のモニターと、比奈子が持ち帰ったスタッフの写真を見比べた。

「ホントだ……ぼくの目にもそう見えます。これ、怪しいスタッフですよ」

一同はそれぞれ確認し、異口同音に似ていると言った。

「服装もですが、上着がリバーシブルタイプのものだと想定しますと、リュックも同じに思えます。さらに、ここ」

三木は阿部昌明の足下と、脇の自販機と比べた身長をカーソルで示した。

「同じ靴だね。身長も永田清士と同じくらいだ」

「捜索願によると、阿部の身長は一七六センチですよ。でも自販機の高さと比べたら、一八〇センチ以上はありそうですね」

「永田清士本人の身長は、私と同じくらいだとワイフが言っておりました」

「三木さん、一七〇くらいっすよね」

「左様で」

そうか。そういうことだったのか。と、比奈子は思った。

局所にスヴェートのマークを入れていた元公安捜査官は、実は潜入捜査官だった。病院襲撃事件の真犯人と想われた自警会病院の理事長は、旅行先で豚の餌になっていて、悪意のマッドサイエンティストは病気の娘を救うために人体改造を研究していた……今回の事件では、上辺だけに囚《とら》われていると痛い目に遭うのだ。

「ミシェルは、実は、高度な変装技術を使っていたんじゃないですか？」

比奈子が言うと、

「僭越《せんえつ》ながら、私もそう考えておりました」

三木は鼻の穴を膨らませた。

「永田や阿部のマスクを作って、それを被《かぶ》っていたってこと？　なるほどね」

「たしかにそれなら、三木の奥さんが見かけたときに、永田の身長が違っていたことにも説明がつく。そうか、幽霊だから宙に浮いていたわけじゃなかったのか」

倉島は感心しながらメガネを外した。丁寧にクロスで拭《ふ》いて、掛け直す。

「ってことは、小河内ダムの事故も殺人だってことになるじゃんか」

東海林が立ち上がった時、資料室のドアが開き、ガンさんがずぶ濡《ぬ》れになって戻って来た。空気が動き、爆睡していた片岡が目を開ける。お帰りなさいと一同は言い、

「どうしたんですか、びしょびしょになって」

と、誰よりも早く御子柴が訊《き》いた。

「どうもこうも、ひでえ雨だよ。駐車場からここへ来るまでの間でずぶ濡れだ」

比奈子は慌てて立っていき、署がストックしている新しいタオルを持って来た。この夏は大気の状態が不安定なのか、ひっきりなしに異常な量の雨が降る。台風被害も重なって、日本全土が悲鳴を上げているかのようだ。

「なんだ。交替で休めと言ったはずだぞ」

三木や東海林だけでなく、厚田班全員が資料室にいるのを見てガンさんが言う。

「すみません。でも、怒りと焦りでそれどころではなく」

倉島が皆の気持ちを代弁すると、

「まあな」

とガンさんはタオルで頭と顔を拭いた。上着を脱いで椅子に掛け、三木のデスクト

ップパソコンや、ずらりと並んだそれぞれのパソコン画面に目をやった。

「それで、何かわかったか」

厚田班の年長者は片岡だが、仮眠を取っていたので清水がこれまでの経緯《いきさつ》を説明した。ボリボリと腹を掻《か》きながら起きてきた片岡も、清水の説明に目の色を変える。

「廃墟《はいきょ》専門のカメラマンと、肝試しに行った若者ってなぁ、おい」

ガンさんはタオルを放って三木の後ろに立った。

「永田清士は八ヶ岳方面へ撮影に行くと家族に告げて、家を出たんだったよな？　携帯の電波から足取りを追えないか」

「データ元にアクセスしてみますかな。青梅署が勤勉にデータをアップしておれば、確認できるはずですが」

「東海林、清水」

三木のモニターを見ながらガンさんが言う。東海林と清水はすでに自分のパソコンで、八ヶ岳方面にある廃墟や心霊スポットを検索し始めていた。

「先輩たちは何を始めたんですか？」

御子柴が比奈子に訊いた。

「スヴェートのアジトを探しているのよ。センタースタッフがマスクを被っていたとして、カメラマンの永田と、行方不明の阿部の共通点は」

「ああ、廃墟と心霊スポットというわけですか」

「その通りよ。二人は同じ場所に行き、事件に巻き込まれた可能性がある」

「そこがアジトかもしれないってわけですね」

御子柴はポンと拳《こぶし》を叩《たた》いた。

「それにしても、名前を呼ばれただけで、どうしてそれがわかるんですか？」

「共に修羅場をくぐってきたからさ。御子柴君、間もなく我々の出番だからね」

とても嬉《うれ》しそうに微笑みながら、倉島は御子柴を見下ろした。

「現場の下見は先発隊の仕事です。仮眠を取っておきましょう」

倉島は人差し指で御子柴を呼ぶと、資料室を出て行った。


音を立てずにドアノブを回し、隙間にスニーカーの先を差し込むと、スサナは金子の部屋を覗き込んだ。

窓のない部屋では、日が昇る様子も、日が沈む様子もわからないけれど、金子はモニターで外部の様子を確認しているし、健康管理をするスタッフが、深夜零時から翌朝六時までは眠るように指導していると聞く。美人で快活なスサナにかかれば、寡黙なスタッフも日常会話を拒まない。ロビーでお茶やビールを飲みながら、スサナは情報を収集する。ここの職員の弱点は、安全を盲信していることだ。

酷薄な声のルシフェルから、スサナは藤堂比奈子の正体を探れと命じられた。

そこで東大の法医学部を訪ねてみたが、あの女は確かに石上妙子の研究室にいたし、怪しい素振りも見られなかった。タモツを訪ねて来ることもあるが、あそこには石上が保護した永久がいるから、不自然な行動とも思えない。子供だと思って甘く見ていた永久は何も喋《しゃべ》らず、あまつさえ金子に送り付けたウィルス入りのメモリを、知ってか知らずか仕込んできた。ルシフェルはいつまた現れるか知れないし、その時渡せる成果もなしでは、無事に済むはずもない。

スサナは首に埋もれたマイクロチップをさすった。

死ぬことは怖くない。怖いのは、その後に自分がどうなってしまうかだ。

スニーカーを押し込んで足を入れ、腰を入れ、体を入れる。音を立てないようにドアを閉じ、スサナは金子の部屋に侵入した。壁一面のモニターに、コンピュータ言語が降っている。機械熱を排出するため、常時エアコンが作動しているが、金子の姿はどこにもない。奥の寝室で眠っているのだ。スサナはデスクの前に立った。

金子はシステムを数台のコントローラーに集約し、マウスとキーボードの機能を独自に設定しているが、そうはいっても機械には基本的な使い方というものがある。永久のせいで自分のパソコンから情報が洩《も》れた。スサナは、金子が見た目どおりの愚鈍さで、不明のデータに何の関心も示さないことを願っていた。そうであれば、送られたデータはフォルダのまま、デスクトップのどこかに存在しているはずだ。

スサナはキーを叩いてみた。金子はいつも無音に設定しているために、電子音は一切しない。それでもキーを押す微《かす》かな音が、スサナの緊張を高めていく。

気付かれて騒がれたら、私は彼を殺すだろうか。

もう二度と思い出さなくていいと思っていた過去が蘇《よみがえ》る。切れ切れに浮かぶ記憶はフラッシュバックする恐怖の画《え》であり、継続した記憶の始まりは、エメに抱かれて飛行場に降り立つシーンで始まる。温かな食事と柔らかなベッドを与えられ、言葉を習い、勉強をした。いつか科学が劇的に世界を変える日が来るぞ。そのために学べとエメは言い、護身術と、戦闘も教えてくれた。残虐にではなく、効率よく相手の息の根を止める方法だ。けれど、実戦で使ったことはない。最初の男で、父親でもあった彼が死に、自由になれると思ったのも束の間、自分はここへ送り込まれた。『いつか』のため、『劇的に世界を変える日』のために。

お願いよ。どうか目を覚まさないでミク。祈りながら、スサナはキーを操作する。ベッドで金子が目を覚まし、彼独自の思考で行動を監視していることも知らずに。

ブーンと低い唸《うな》りを上げて、モニターの一部が切り替わった。

「I did it!」

呟《つぶや》いて、スサナは表示されたフォルダを検証した。

金子のフォルダはランダムな記号で、その意味は金子にしかわからない。スサナは自分のフォルダを探したが、見当たらなかった。

そんなはずはない。それともどこか別の場所に保存したのだろうか。

金子の興味は膨大な情報を記憶することにあるから、影人間の名簿もすでにチェックして、記憶したということはないだろうか。その場合……

スサナは金子の首を折るシーンを想像した。

いいえ、それとも、興味を持たずに捨てたかもしれない。自分のパソコンを汚されたと感じて、ゴミ箱に。

ゴミ箱のアイコンをクリックし、中身を確認すると、空だった。スサナはデータリカバリーを使って消去されたゴミ箱のデータを復元した。

自分のパソコンから漏れたフォルダが、そこにはあった。

「Good.」

全身から力が抜けるようだった。とりあえず死刑を免れたと思う。スサナは金子の愚鈍さに感謝して、再びデータを消去しようとし、一緒に捨てられていた画像データに目を留めた。深い意味も、つもりもなく、再現させる。すると、

中庭の木陰でキスを交わす、ひと組の男女が再生された。木々や畑、背景に見える建物はセンターだ。男は白衣を、女はスーツを着ているが、スサナは二人を知っていた。タモツと、あの女、藤堂比奈子だ。石上妙子の助手をしている小さい女。タモツが彼女を見る目に気付いてはいたが、まさか……

長いキスの後、タモツは突然踵《きびす》を返してその場を去った。女はそれを見送って、映像は切れた。

スサナはデータを消去して、侵入した痕跡《こんせき》を消し、静かに部屋を出ていった。

「タモツ……スキ……スサナ……スキ……」

寝室で、自分の指を噛《か》みながら、金子は貧乏ゆすりを繰り返していた。心が不安に苛《さいな》まれても、それを伝える術《すべ》がない。スサナが部屋を出ていった後も、金子は寝室を出られなかった。朝になり、スタッフが来て、金子の異変に気付くまで、彼はたった独りで長い夜を堪え忍んでいた。

「死神女史はまだ大学ですか？」

清水らがアジトを検索する横で、比奈子はガンさんと片岡にお茶を出していた。

「先生は先生で変態学者のデータに掛かり切りだよ。膨大で貴重なデータだ。独りじゃどうにもできねえから、大学に掛け合って、動ける院生を総動員している」

ジョージに余命があるうちに。

当然そうなるだろうと比奈子は思った。

「じゃあ、病気の検査は？」

「そっちは俺が連れてくよ。当然な」

「そうですね」

と、比奈子は微笑む。

「ちなみにセンターのコンピュータを確認するのはいつなんだ？　影人間とやらも、あすこに出入りできなくなれば、次の手を打ってくるかもしれねえ。脳みそもまだ健在のようだし、いろいろとヤバくなって来やがったなあ、ちくしょうめ」

渋いお茶を啜《すす》って片岡が訊《き》く。ガンさんは、乾きかけの髪を掻《か》き上げた。

「コンピュータひとつチェックするのも、それはそれで大変らしいや。どっかを止めたらどっかに代用させて、機能が停止しねえようにするんだと。あそこは何重にも防犯システムが掛かっているから、何重ものチェックが必要らしい。なんだかなあ」

「ホントになんだかなあだなあ」

「とりあえず、虹彩《こうさい》と指紋の認証システムは停止したそうだ。時間はかかるが、検閲所でいちいちIDと、割り当てられたナンバーを確認するらしい。もしも虹彩と指紋認証で入ろうとすれば、本庁が配備した公安警察官に逮捕させると管理官が言っていた。何も知らずにまんまとミシェルが現れればよし、そうでなくとも影人間が検閲を通過するのはもう不可能だ。偽の虹彩とラバー指紋をつけていても、死んだはずのスタッフが現れれば、ルシフェルだとわかるからな」

「でも、メインコンピュータを調べる時に、技術者に化けて入られたらどうするんで？　とっととミシェルを追ったほうが」

「それは俺も進言したよ。ただ、完璧《かんぺき》な警備なんてのはありえねえが、万一の危険を踏まえても、早急にチェックは必要なんだと。なんたってあそこでは、国家機密級の研究を扱ってるから、データが洩れたら、ことなんだとさ」

二人が真剣に話しているとき、資料室の内線電話が鳴った。近くにいた三木が出て、

「藤堂刑事」と、比奈子を呼んだ。

「私ですか？」

「藤堂刑事に電話だそうで」

「誰かしら」

真夜中の電話は碌《ろく》でもない用件が多い。それでも比奈子は極力明るく、

「お電話代わりました。組対の藤堂です」

と、電話に出た。ツー、ツー、ツー……電話はすでに切れていた。

「あれ？　もしもし？」

「なんだ。どうした」

ガンさんが訊く。

「切れてしまったみたいです」

比奈子は内線元に電話して、どこからの電話か尋ねてみたが、

「小林《こばやし》という男性で、藤堂刑事にお世話になって、ひと言お礼を言いたいからと」

それしかわからないという。比奈子は常時色々な人をお世話しているが、相手の名前をいちいち確認することはない。もちろん、小林という男性に心当たりはなかった。

「また掛かってくるかしら」

受話器を置いた比奈子の横で、ガンさんは自分の顎《あご》を捻《ひね》り始めた。

「メインコンピュータのチェックだが、準備が整い次第、始めるそうだ。警備を増やして対応するので問題はなかろうという話だが、先生は胸騒ぎがするってよ。まったく、それより自分の心配を……まあ、いいか」

ガンさんは結論を後回しにして比奈子を振り向いた。

「それで？　藤堂。何か話があると言ってたな」

そうなのだ。都夜の脳と話したとき、恐ろしい閃《ひらめ》きが比奈子を襲った。杞憂《きゆう》であればいいと思ったものの、すでに間違った推測ではなかろうという結論に至っていた。

「都夜の脳と話してみて」

「うん」

と、ガンさんは頷《うなず》いた。

「聴取した内容は、報告書の通りなんですが」

「体は乗り換えられると言ったらしいな」

「ええ。それで、永久君の……」

「俺もな」

ガンさんは湯飲み茶碗《ぢやわん》をテーブルに置いた。

「それと、先生もだが、藤堂と同じことを心配していたよ」

「え」

比奈子は思わず拳《こぶし》を握った。なんの話かわからずに、訝《いぶか》しげな表情をしているのは片岡だけだ。

「先生によると、子供の脳の総重量は、五歳ですでに一三〇〇グラム程度になるらしい。大人の脳が一四〇〇グラムで、十歳になると重さは大人と同等になると」

「やっぱり……永久君はもう十二歳です」

比奈子は絶望的な声を出した。

「あ？　藤堂。なんの話をしてやがる」

片岡が訊くと、ガンさんは立ち上がって全員に言った。

「新情報があるから聞いてくれ」

全員が作業を止めて顔を上げた。

「児玉永久についてだが」

自分がこれから話すことを、自分が信じられないんだよという顔で、ガンさんは薬指で眉毛《まゆげ》を掻いた。

「俺たちは、ミシェルが自分の臓器の代替品として、少年を監視、かつ保護していると考えていた。だから、少なくとも彼が大人になるまでは安全だとな」

「どうしたんすか」

東海林が訝しげに眉《まゆ》をひそめる。ガンさんは先を続けた。

「今日、藤堂が佐藤都夜の脳みそを聴取した。その結果、とんでもない勘違いをしていた可能性があるってことなんだが」

ガンさんは比奈子に目を向け、その先を言えと促した。

「そうじゃなく、ミシェルは自分の脳を永久君の体に載せ替えようとしているのかもしれないんです」

「は？」

清水はポカンと口を開けたが、三木は、

「なるほど」

と、頷いた。

「佐藤都夜が脳みそにされたのも、脳移植実験の延長線上にあったというわけですな？」

「え、つか、えっ？　三木さん、もっと驚きましょうよ。今さら何を言われても、ビックリしない気もするけどな、でもまさか、そんな……つか、キモチワルっ」

「都夜の脳みそから組成をコピーするだけじゃなく、奴らは脳そのものを別人に載せ替える実験までしようとしていた？」

「いや、清水。ところが話はそう簡単じゃぁねえらしい。他人の体に脳を載せ替えるなんて不可能だと、先生がな。だが、児玉永久はクローンだ。子供は大体十歳で、脳が大人と同じ重量になるそうだ。同じＤＮＡを持つミシェルとあの少年においてのみ、移植は可能だろうと言っている」

「なんてこった、臓器移植じゃなく脳移植かよ……」

　片岡は言葉を失った。

「つか、待って下さいよ。そんならあの坊主は、ちっとも安全じゃないってことじゃないっすか。すでに移植可能な年齢に達しているし」

「そうなります。もしも永久君が事件を起こしていなかったら、そしてセンターに収容されていなかったら」

「ミシェルの野郎、ガキに生まれ変わっていたってか」

「私たちは、クローン実験に失敗した母子が殺害されて、牧場跡地に埋められたのだと思っていました。でも、もしかして、スヴェートはすでに十年近く前からクローンを使って脳移植の研究も進めていたんじゃないでしょうか」

「だからまともな遺骨が出なかったってか……嘘だろ……つか……そうか……」

そうだったのか、と東海林は唸《うな》り、

「まてまてまてよ、だとすればガンさん、ヤバいんじゃないすか？　センターのメインコンピュータをいじるとか、通常と違う動きがあるのは不安ですよ」

スマホを出して、東海林はおそらく田中管理官に電話を掛けた。ところが真夜中のこともあり、管理官は電話に出ない。

「ちょっとヤバい気がするぞ。つか、管理官はなんで電話に出ないんだよ」

東海林は電話を切るなり、姿勢を正してガンさんに向き合った。

その胸には捜査一課の赤バッジが光っている。

「厚田警部補、俺に倉島刑事を貸して下さい。管理官の家へ行ってみます」

「わかった」

と、ガンさんは言い、東海林と倉島の出動を許可した。東海林のパソコンには片岡が貼り付いて、東海林は仮眠室へ出て行った。

そのわずか三十分後。清水が調べていた心霊スポットと、三木が青梅署から取り寄せた永田清士のＧＰＳの追跡結果が、ほぼ一致する場所が特定された。そこは廃墟《はいきょ》ではなく私有地で、ある企業が保養施設兼療養所として五十年近くも前に建てた建物であることもわかった。

「登記上は小川伊之助《おがわいのすけ》という人物のものになっておりますが、調べましたら、小川伊之助は昭和五十年代に死亡しております。所有権の移転登記はされておらず、いわば宙に浮いた状態ですな。土地の固定資産税などは小川伊之助が会長を務めていた法人が払い続けておるようですが……まあ、山林ほか荒れ地なので微々たる金額のようですな」

「現地の写真らしきものがネットにあったよ。確かに廃墟マニアに受けそうな建物だけど、肝試しに行くと帰ってこられないとか、興味本位で現地に行った友人が行方不明になったとか、そういう噂も載ってはいるね」

清水が言うので、比奈子らはモニターを覗《のぞ》きにいった。

なるほど、敷地は有刺鉄線で囲まれて、『私有地につき立ち入り禁止』と看板が立っている。ただし有刺鉄線の隙間は広く、容易に侵入できそうなほか、すでに侵入されて曲がってしまったところもあるようだ。

「行方不明者が出てるってことは、警察も確認に行っているってことでしょうか」

「だろうね。何もないから事件になっていないんだと思うけど」

「もしくは、無人であることを確認しただけって可能性もあるな」

　ガンさんが言う。

「ガキが肝試しに行ってもよ、ただの不法侵入で、事件に巻き込まれたとは思わねえからな。入ってみて異常が無ければそれまでよ」

　片岡は欠伸《あくび》して、目をこすった。その後ろで三木が言う。

「もっと建物に近づいた写真もありますぞ。廃墟マニアが撮ったものでしょう」

　三木は数枚の写真をモニターに並べた。草生《む》した庭の奥にあるのは洋館風の建物で、大きな窓や三角形の屋根、広いポーチなどに退廃的な美しさがある。野生動物が荒らしたと思《おぼ》しき内部の写真は、長い廊下にドアが並び、朽ち果てた家具が残されていた。

「まあ、たしかにコスプレイヤーが背景に使いたいふうの建物ですなあ」

　永田は廃墟専門のカメラマンで、その写真を麗華が店で使っていたという。このビジュアルの建物なら、撮影目的で立ち入ったとも充分に考えられる。

「永田清士も、阿部昌明とその友人も、ここを訪れて被害に遭ったのでしょうか」

「現場へ行ってみねえことには始まらねえか」

　ガンさんが言った時だった。胸でけたたましく着信音が鳴り出した。

「厚田だ。東海林か。えっ」

ガンさんは耳にスマホを押し当てたまま、

「代々木《よよぎ》交差点付近で田中管理官の車が燃えている？」

と、大声で叫んだ。

倉島と東海林に置いて行かれ、ようやく仮眠から覚めた御子柴は、資料室へ戻ったとたん、全員が直立不動で言葉を失っている光景を目にしたのだった。


……To be continued in the second volume.

【主な参考文献】

『Dr. 夏秋の臨床図鑑　虫と皮膚炎　皮膚炎をおこす虫とその生態／臨床像・治療・対策』
夏秋　優（学研メディカル秀潤社）
『闇に魅入られた科学者たち　人体実験は何を生んだのか』
NHK「フランケンシュタインの誘惑」制作班（NHK出版）
『精神医学再考　神経心理学の立場から』大東祥孝（医学書院）
『警視庁科学捜査最前線』今井　良（新潮新書）
『特殊清掃会社　汚部屋、ゴミ屋敷から遺体発見現場まで』竹澤光生（角川文庫）
『診断名サイコパス　身近にひそむ異常人格者たち』
ロバート・D・ヘア　小林宏明／訳（ハヤカワ文庫NF）
『FBI心理分析官　異常殺人者たちの素顔に迫る衝撃の手記』
ロバート・K・レスラー＆トム・シャットマン　相原真理子／訳（ハヤカワ文庫NF）
『脳死　ドナーカードを書く前に読む本』水谷　弘（草思社）

松田一彦（２００９）「神経系イオンチャネルを標的とする殺虫剤の作用および選択性発現機構の研究」，『日本農薬学会誌』，34（2），pp.１１９-１２６
https://www.jstage.jst.go.jp/article/jpestics/34/2/34_34.119/_pdf/-char/ja/

一般財団法人　日本聖書協会　聖書本文検索
http://www.bible.or.jp/read/vers_search.html

本書は書き下ろしです。

この作品はフィクションです。実在の人物、団体、事件等とは一切関係ありません。

BURN《バーン》 上 猟《りょう》奇《き》犯罪《はんざい》捜《そう》査《さ》班《はん》・藤堂《とうどう》比《ひ》奈《な》子《こ》

内藤《ないとう》了《りょう》

角川ホラー文庫 21423

平成31年1月25日 初版発行

発行者——郡司 聡
発 行——株式会社KADOKAWA
〒102-8177 東京都千代田区富士見2-13-3
電話 0570-002-301(ナビダイヤル)
印刷所——旭印刷株式会社
製本所——本間製本株式会社
装幀者——田島照久

KADOKAWA カスタマーサポート
[電話] 0570-002-301(土日祝日を除く11時～13時、14時～17時)
[WEB] https://www.kadokawa.co.jp/(「お問い合わせ」へお進みください)
※製造不良品につきましては上記窓口にて承ります。
※記述・収録内容を超えるご質問にはお答えできない場合があります。
※サポートは日本国内に限らせていただきます。

ISBN978-4-04-106767-3 C0193

角川文庫発刊に際して

角　川　源　義

第二次世界大戦の敗北は、軍事力の敗北であった以上に、私たちの若い文化力の敗退であった。私たちの文化が戦争に対して如何に無力であり、単なるあだ花に過ぎなかったかを、私たちは身を以て体験し痛感した。西洋近代文化の摂取にとって、明治以後八十年の歳月は決して短かすぎたとは言えない。にもかかわらず、近代文化の伝統を確立し、自由な批判と柔軟な良識に富む文化層として自らを形成することに私たちは失敗して来た。そしてこれは、各層への文化の普及滲透を任務とする出版人の責任でもあった。

一九四五年以来、私たちは再び振出しに戻り、第一歩から踏み出すことを余儀なくされた。これは大きな不幸ではあるが、反面、これまでの混沌・未熟・歪曲の中にあった我が国の文化に秩序と確たる基礎を齎らすためには絶好の機会でもある。角川書店は、このような祖国の文化的危機にあたり、微力をも顧みず再建の礎石たるべき抱負と決意とをもって出発したが、ここに創立以来の念願を果すべく角川文庫を発刊する。これまで刊行されたあらゆる全集叢書文庫類の長所と短所とを検討し、古今東西の不朽の典籍を、良心的編集のもとに、廉価に、そして書架にふさわしい美本として、多くのひとびとに提供しようとする。しかし私たちは徒らに百科全書的な知識のジレッタントを作ることを目的とせず、あくまで祖国の文化に秩序と再建への道を示し、この文庫を角川書店の栄ある事業として、今後永久に継続発展せしめ、学芸と教養との殿堂として大成せんことを期したい。多くの読書子の愛情ある忠言と支持とによって、この希望と抱負とを完遂せしめられんことを願う。

一九四九年五月三日

ZERO

猟奇犯罪捜査班・藤堂比奈子

内藤 了

比奈子の故郷で幼児の部分遺体が！

新人刑事・藤堂比奈子が里帰り中の長野で幼児の部分遺体が発見される。都内でも同様の事件が起き、関連を調べる比奈子ら「猟奇犯罪捜査班」。複数の幼児の遺体がバラバラにされ、動物の死骸とともに遺棄されていることが分かる。一方、以前比奈子が逮捕した連続殺人鬼・佐藤都夜のもとには、ある手紙が届いていた。比奈子への復讐心を燃やす彼女は、怖ろしい行動に出て……。新しいタイプのヒロインが大活躍の警察小説、第５弾！

ISBN 978-4-04-104004-1